L'amore inizia con una fine

L'amore inizia con una fine

Io J N

India
2023

CONTENUTI

INTRODUZIONE

Il crepuscolo era sceso sulla regione. Il cielo aveva assunto diverse tonalità di blu e rosa mentre il sole tramontava lentamente dietro l'orizzonte e la luce della luna non aveva ancora fatto la sua comparsa. L'acqua giaceva immobile come una qualsiasi notte stellata lassù.

C'era qualcosa che non andava durante la serata fuori di Sarah. Michael aveva promesso di rivelare la sua scoperta a tutto il mondo, ma Sarah non poteva vedere alcun segno di lui da nessuna parte vicino al torrente. Senza Michael lì a verificarne l'esistenza e a mostrarle le prove, come si potrà mai sapere che esiste?

Erano passate due ore dall'ultima volta che aveva sentito Michael. Pensieri di paura e rabbia iniziarono ad attraversarle la mente. Poco prima di alzarsi per andarsene, tuttavia, fu testimone di qualcosa di sorprendente: a prima vista non era Michael, ma più simile a qualcosa proveniente da un'altra dimensione; poteva essere questo ciò che stavano aspettando da sempre?

Il capitolo 1 prevede questo obiettivo

Betsy Richards sembra molto attratta da questo nuovo ragazzo che ho visto oggi; sfortunatamente per lei, però, Betsy lo ha già messo gli occhi addosso! Sono usciti l'altra sera e lui sembra molto interessato a baciare Betsy! Chissà cosa si proverebbe un giorno a baciare le labbra di una bellezza dai capelli biondi e dagli occhi azzurri come quella! Ho dovuto vedere il mio medico oggi; sfortunatamente le notizie non sono state grandiose, quindi devo andare a Clearmont la prossima settimana per ulteriori test prima di continuare con la vita fino ad allora, ci vediamo la prossima volta.

Sarah nascose rapidamente il suo diario dietro un trogolo nel fienile prima di entrare per aiutare con la preparazione della cena quando Mary lo interruppe.

"Ehi ragazza! Dove sei diretta dopo?"

"Devo aiutare la mamma a preparare la cena."

"Non puoi aspettare? Conosco un posto ideale dove potremmo meditare: ti piacerebbe venire?"

"SARAH," gridò sua madre alla figlia, "È ORA DI CENA!"

"Devo andare. La mamma diventa piuttosto scontenta se non esaudisco i suoi desideri, quindi vediamoci a casa tua verso le 20, così andiamo a vederlo; per favore, sii puntuale; e spiegami tutto perché non lo so. capisci questa cosa della meditazione!"

"Lo adorerai assolutamente. La meditazione ti aiuterà a migliorare il tuo benessere; ho fatto ricerche approfondite. A presto!"

Sarah tornò a casa sua, riflettendo su cosa avrebbe fatto Mary senza la sua presenza a prendersi cura di lei.

"Mary non può nemmeno andare in bagno da sola", pensò Mary.

Dopo cena, Sarah salì nella sua stanza. Le sue braccia erano pesanti per aver completato tutte le faccende pomeridiane e si ritrovò a pensare al suo viaggio a Clearmont: come sarebbe andato con il dottor Goldberg, e le avrebbe dato qualche buona notizia? Sarah si ritrovò a scivolare in una contemplazione sconsiderata. I suoi pensieri iniziarono a vagare.

"Sarah, è ora che tu vada a scuola. Non perdere altro tempo: la seconda elementare ti aspetta!"

"Ma mamma! Non riesco a trovare un vestito adatto a me. Tutte le ragazze lo indossano e se non trovo qualcosa presto non mi lasceranno fuori!"

"Indossa un paio di bei jeans e la tua camicetta bianca con i bordi arricciati; tuttavia, non si vedrà facilmente il sangue? E se mi arrivasse un altro naso sanguinante?"

I miei figli mi derideranno e mi disonoreranno mentre la mia camicetta diventerà inindossabile!"

"Sarah, questo è successo solo una volta e non dovrebbe ripetersi presto. Segui il mio consiglio e tutto andrà bene."

"Mamma, sono ancora incerto..."

Sarah era persa nei suoi pensieri quando si udì un forte rumore di colpi alla finestra. Sarah cambiò rapidamente marcia quando qualcuno gli diede un pugno con la mano per richiamare l'attenzione di Sarah sulla realtà.

"Sara, puoi sentirmi?"
Sarah aprì la finestra e trovò Mary appesa ad una scala all'esterno.

"Povero me! Possono davvero essere già le 20:00? Mi scuso se sembra tardi - devo aver sognato ad occhi aperti. Non sono sicuro di cosa sia successo di me ultimamente."

"Sì, è corretto. Adesso andiamo avanti, i nostri compagni di viaggio ci aspettano."

Sarah seguì Mary giù per la scala e corse verso il bosco dove presto l'oscurità e l'aria fresca li avvolsero.

"Maria! Dove sei stata?" Una voce parlò da una tenda buia.

"Sono andato a prendere Sarah. Come promesso, ho portato con me la mia migliore amica Sarah, ricorderete. Insieme facciamo tutto."

"Ciao Sarah. È stato bello rivederti. Spero che voi due non facciate tutto insieme."
Larry le tese la mano perché la stringesse prima di ridere ad alta voce della sua stessa battuta.

"Anche io Larry. E NO, non facciamo tutto insieme." Sarah provò a ridere della battuta di Larry ma non sembrava divertita; invece rivolse a Mary quello sguardo che hanno le donne quando non svelano segreti.

"Sarah, Mary, questo è Michael. Anche lui si è appena trasferito qui, come te Sarah."

Sarah fu colta di sorpresa quando all'improvviso i suoi occhi si spalancarono per l'eccitazione vedendo i suoi riccioli biondi ricadere sulle sue spalle e scorrere lungo il suo viso, i suoi occhi azzurri scintillanti al chiaro di luna - ogni senso fu catturato dalla sua bellezza mentre Sarah si ritrovò ipnotizzata dal suo presenza, perso nella sua bellezza.

"Wow! Che notte fantastica!" Esclamò con stupore.

"Sara...Sara!"
Sarah all'improvviso sentì qualcuno tirarla per il braccio.

"Maria, stai bene?"
"Oh no. Non c'è bisogno di preoccuparsi." E con ciò Mary cominciò a parlare. Uh...Um....Di cosa si trattava allora???

Betsy si presentò, spiegando che lei e Michael frequentavano la stessa lezione di inglese. Uno studente geloso si avvicinò a Michael e iniziò a parlargli in modo sarcastico.

"Oh, Betsy. Scusa se ho parlato male; volevo dire la tua amica." "Perché è qui? Rovinerà tutto! Non mi importa di lei! Non la sopporto!"

Sarah trovava sgradevoli i suoi pensieri.

"Permettimi di presentarti Michael. Siamo una coppia!" Betsy esclamò orgogliosa mentre afferrava il braccio di Michael.

Sarah è rimasta sconvolta nell'apprendere che Betsy non sarebbe venuta, poiché Mary ha menzionato solo Larry come presente. Sarah si sentiva imbarazzata e umiliata.

"Perché Mary non me lo aveva detto?" era ciò che si chiedeva ad alta voce.

"Penso che sarebbe meglio per me tornare a casa. La mamma non sa che sono fuori e si preoccuperebbe se scoprisse che non ci sono. Ci vediamo domani ragazzi?"

"Sarah, finché tua madre non sa che sei fuori non c'è nulla di cui preoccuparsi. Mary ha fatto del suo meglio per convincere Sarah a non andarsene, ma non ci è riuscita.

"Solo per un breve periodo. Cos'è tutta questa confusione riguardo ad un posto dove meditare?"

"Lascia che ti mostri." Larry afferrò la mano di Sarah, seguito da tutti gli altri.

Il capitolo 2 inizierà ora

14 febbraio Finalmente ho incontrato Michael faccia a faccia e ne sono rimasto subito incantato! Non ho idea del perché; forse qualcosa dentro di me ha reagito con forza al suo carisma; forse Betsy non avrebbe dovuto essere presente perché sembrava che a Michael piacessi abbastanza da baciarmi se solo Betsy non fosse stata presente! Ciò nonostante, Clearmont dovrebbe essere soddisfatto dei miei progressi; forse il dottor Goldberg non avrà nemmeno più bisogno di me... ma ahimè devo precipitarmi, la mamma ha bisogno della mia attenzione adesso.

"Sì, mamma. Sto arrivando." Hai fatto tutti i tuoi compiti? A volte vorrei che il tuo diario non occupasse così tanto tempo."

"Mamma, i miei compiti sono finiti, la cena è stata consumata. Cosa dovrei fare adesso se non ricevere lezioni sulle mie capacità di scrittura?"

"Per favore, corri immediatamente al negozio all'angolo; mi serve un po' di pane e pancetta per colazione domani. Non tardare!"

"Mamma, Jason può restare a casa oggi? Sono troppo esausta e recentemente mi sono sentita male; forse dovremmo anticipare la visita del dottor Goldberg."

"Sciocchezze! Va tutto bene: prenditi il tuo tempo camminando lentamente con una torcia perché il sole tramonterà presto."

"Va bene. Dove sono i miei soldi?"

"Per ottenere credito, per favore parla con il signor Charles."

"Mamma! È molto imbarazzante!"

"Vai avanti adesso... non esitare"

"Dally, conosco la mamma!"
Sarah è uscita di casa per andare al negozio con i pensieri che le attraversavano la testa riguardo a un incontro che ha avuto quando aveva 10 anni su una giostra nel parco giochi con gli amici. Timmy Johnson lo aveva spinto così velocemente da far sanguinare il naso a Sarah prima di svenire in un istante.

"Mamma, te lo giuro! Il vento mi ha fatto svenire!" "Sarah Jane! Non parlare così: Dio in cielo non lo permetterà! Non puoi prendere la sua parola come verità!"

Ora è il momento di chiedergli perdono per tutte le tue bugie: non aspettare, vai di sopra e prega."

Sarah ha sempre seguito le richieste di sua madre. Sarah sapeva che sua madre non credeva in se stessa e Sarah lo capiva.

Pensò tra sé e sé: "È fantastico! Se riesco a convincere Timmy e Jason a dirlo alla mamma, allora lei mi crederà!" Ha avuto un'illuminazione.

"Chris, Sarah mi ha detto oggi che è svenuta a causa dell'esposizione al vento mentre giocava sulla giostra del parco."

"Debbie, sembra sconcertata ultimamente; forse dovremmo portarla da un dottore?"

"Non ha senso discuterne ulteriormente." Tuttavia..."

"Non ci sono ma in questa casa!" Non abbiamo ancora i soldi, forse l'anno prossimo".

"Sara!" Sarah fu improvvisamente riportata dal suo stato onirico da un allarme.

"Dove sei diretto?" "Oh, ciao Mary. Stavo andando al mercato." mes Ti senti bene oggi?

"Sì, sono solo stanco."
Vorrei poter restare a chiacchierare, ma Brian e Stacey mi stanno aspettando a quella vista. Vieni più tardi per divertirti."

"No grazie. Non mi sento bene. Per favore, cerca di non sorprendermi questa volta!"

esclamò Mary mentre scappava, gridando tra sé e sé "Non si sa mai!" mentre si lasciava alle spalle.

Sarah si diresse al negozio nonostante fosse ancora sconvolta dal fatto che sua madre l'avesse costretta a camminare per due miglia. Si stava facendo buio; forse qualcuno potrebbe tentare di rapinarla?

Si avvicinò al negozio ed entrò.

"Buongiorno signor Charles. Mia madre ha bisogno di questi articoli a credito. Sarebbe possibile?" "Sì, certo, la tua famiglia è sempre la benvenuta qui e io organizzerò le tue cose." Sarah si voltò verso casa perché fuori era ormai diventato molto buio e riusciva a malapena a vedere ciò di cui aveva bisogno.

Dopo 15 minuti da quando aveva lasciato il negozio, ha sentito dei fruscii tra gli alberi e ha iniziato a camminare verso di esso.

"Mary? Ci sei? Fatti vedere; non è divertente, non ho soldi quindi non pensare nemmeno a derubarmi!"

"Stai tranquilla Sarah", fu la risposta di una voce.

"Chi sei?" Sarah rispose nervosamente mentre cercava di puntargli la torcia sul viso.

"Non preoccuparti, andrà tutto bene." Michael emerse da dietro un albero.

Vide i suoi riccioli biondi brillare al chiaro di luna e capì che era l'uomo dei suoi sogni.

Ciao Michael. Mi scuso per le mie osservazioni precedenti; non si sa mai più di chi fidarsi.

"Perché sei da solo? Dov'è Mary?" Ti vedo sempre insieme a lei.

"È con Brian Kelly e Stacey Long. Potrebbero essere presenti alla vista. Si è vantata di averlo trovato tutto il giorno a scuola oggi - non capisco quale sia il significato."

Non ti piace andarci? Pensavo che saresti venuto con noi; è molto panoramico lassù." Lei annuì. "Sì, mi piace andare lassù; però preferisco stare da sola perché a Mary piace sempre avere gente intorno; mentre io sono un introverso."

"Mi scuso, ma devi andartene adesso", esclamò Sarah con un tono di voce isterico.

"Per favore, siediti un attimo; forse ti ho spaventato." "Niente del genere; solo..."

Sarah si fermò prima che le sue emozioni potessero scatenarsi.

"Perché?" | Mentre erano stanchi, lei spiegò: "Beh, ci sono solo due miglia tra casa e il negozio, quindi per me è una bella strada.

Lascia che ti accompagni a casa, ho qui la mia bicicletta."

"Non mi piace guidare con il manubrio, quindi preferisco camminare", ha riso Michael mentre portava la sua moto.

"Prendi questo!" esclamò Rebecca emozionata. "C'è un posto in più! Non c'è bisogno del manubrio: sali!" Sarah esitò prima di rispondere: "Uhh..." Rifletté prima di rifiutare: "Beh..." Sarah esitò ancora prima di aggiungere: "Ma..." Sarah esitò ancora prima di rispondere: "Uhm... no grazie; forse io non lo cavalcherò."

"Non sono mai stato su un aereo e ho sentito che possono essere pericolosi; tuttavia, non sono ancora pronto per tornare a casa."

"Non preoccuparti, sali a bordo e metti le tue mani intorno alla mia vita per restare. Possiamo andare ovunque tu voglia."

"Andiamo a casa mia, dove lascerò la spesa", Sarah era riluttante a salire a bordo; tuttavia tenne duro non appena si avvicinarono alla loro destinazione.

"Stasera potrò tenere in braccio l'uomo dei miei sogni!" Pensò tra sé. Dopo aver raggiunto il vialetto di Sarah, Sarah chiamò Jason: "Porta questo a mamma, dille che tornerò a casa tra poco e andiamocene adesso!"

"Tua madre ti ucciderà se lo scopre!" (Fonte).

"Solo se la mamma lo sa e nessuno glielo dice," rispose stringendo i denti. "Allora lasciami fare le tue faccende per un giorno intero.

"Va bene. Facciamo un patto. Ma comunque non lo avrei detto!" esclamò Jason mentre scappava.

"Morocco!" esclamò Sarah mentre correvano via in bicicletta.

Sarah chiese a Michael dove fossero diretti con un grido, poiché il vento rendeva impossibile parlare.

"Vedrai."
Guidarono per quelle che sembravano ore, ma in realtà furono solo 10 minuti, trascorrendo del tempo insieme in bicicletta prima di parcheggiare la bici e fare un'escursione insieme su una montagna vicina.

Michael non poteva vedere, quindi forse non era un piano così eccellente; dopo tutto fa più freddo lassù che giù a valle.

Michael prese la mano di Sarah e la aiutò a salire la ripida collina.

"Non era niente; proprio sopra questa piccola collina."

Sarah fece un passo avanti e osservò una sorgente che scendeva da alcune rocce a sinistra. Alla sua destra c'era un'impressionante scogliera che permetteva la vista della sua valle natale; e dietro le sorgenti c'era un'immensa grotta che si adattava perfettamente ai suoi confini: perfetta per la sua camera da letto!

"Wow Michael! Questo posto è assolutamente mozzafiato. Come hai fatto a scoprirlo?"

"Adoro trascorrere il mio tempo libero all'aria aperta, in particolare facendo escursioni in collina. Un giorno, durante una spedizione del genere, l'ho trovato."

"Bene, e con Betsy..." Sarah gemette piano sottovoce.

"Di cosa stavi parlando? Non ho sentito niente."

"Niente." Ho sentito che hai menzionato Betsy.

"Sì, ma quello che volevo dire è che voi due passate così tanto tempo insieme.

"Grazie mille per averlo notato! Posso condividere un piccolo segreto? Betsy non è mai stata quassù; sto semplicemente aiutando i suoi genitori e la tengo d'occhio perché soffre di disturbo da deficit di attenzione, comunemente noto come iperattività. La sua condizione può portare alla depressione; come tale ha attacchi di panico quando le cose non vanno per il verso giusto e può cadere facilmente in depressione se lasciata sola per troppo tempo. Quando Betsy mi vide disse ai suoi genitori "Devo averlo". Così sono qui, e lei mi ha mostrato molte cose."

"Ti piace? Vi ho visti baciarvi di recente a un evento."

"Sta diventando troppo esigente. Non so come sia andato tutto così storto; questo non faceva parte dei nostri piani!"

"Betsy è una persona che conosco molto bene e gestisce le situazioni meglio di quanto lascia intendere. Mi ha detto che per ottenere quello che vuoi devi fare una scenata. Purtroppo non sapevo il suo nome, mi sembra semplicemente viziato !"

"Forse hai ragione. Chi siamo noi per giudicare? Vieni a sederti accanto a me, ti prometto di non mordere."

Sarah ha assorbito tutto ciò che la natura ha offerto, incluso Michael; tutto era a portata di mano per i suoi bisogni e desideri. Aveva tutto ciò che era importante.

"Allora, cosa fai quassù? Pratichi la meditazione come gli altri?"

"No, non passo molto tempo quassù... però, quando vengo quassù mi piace riflettere e ricordare il mio passato mentre pianifico il mio futuro..."

Mentre Michael parlava, Sarah avvertì improvvisamente un intenso crampo addominale. Prendendosi lo stomaco e il braccio di Michael con una mano, Sarah fu presa dal panico pensando che fosse successo qualcosa di terribile. È stato assolutamente straziante!

"Sara, stai bene?"
No. Mi fa male lo stomaco. Forse dovremmo portarla a casa adesso."

"Sei sicuro? Forse dovremmo aspettare che il tuo dolore si calmi prima di agire. Vieni qui nella grotta dove ho messo una branda su cui puoi riposare qualche istante."

"Forse questa volta passerà." Sarah si avvicinò lentamente alla grotta tenendosi al braccio di Michael.

"È mai successo prima?" "Sì", fu la loro risposta.

Sarah era mortificata all'idea che lo scoprisse, ma cosa poteva dirgli?

Hai avuto un mal di stomaco che non passa subito? Questo era tutto ciò che intendevo con questo."

Sarah entrò in una grotta buia. Michael accese una lanterna per fornire luce.

"Questo dovrebbe bastare," risposi.

"Grazie Michael. Non posso credere a quanto sei gentile e premuroso; Betsy è davvero fortunata ad avere un'amica eccezionale come te, a prescindere dalle circostanze."

"Grazie, ora siediti." Sarah si sdraiò sul lettino e iniziò ad esplorare la grotta, meravigliandosi degli abbondanti fossili incastonati nelle rocce e dei vari tipi di cristalli e altre pietre che si erano formati lungo le sue pareti interne.

Tutte le rocce scintillavano contro la luce della lanterna e sembrava che dall'interno della grotta emanasse una fragranza aromatica, che aggiungeva ulteriore fascino.

"Michael, mi sento molto meglio. Forse dovremmo andare adesso?"

"Perché stiamo aspettando qui da così tanto tempo?" chiese, ricordando come aveva detto che ci sarebbero volute due o più ore prima di restituire il pacco.

"No, credo di aver detto "un po' di tempo. Questo non equivale a due ore. In ogni caso, sarebbe prudente da parte mia tornare il prima possibile."

Sarah lasciò la grotta e si diresse verso la scogliera per un'ultima occhiata. Era mozzafiato; solo lei e Michael conoscevano un posto simile. Sarah sentì qualcosa di caldo sulle spalle: Michael aveva messo una giacca su entrambi.

"Andrà bene. Dovrebbe essere un viaggio interessante al ritorno."

"Grazie," rispose Sarah voltandosi verso di lui, girandosi per guardarlo direttamente. "Mi sento completamente a mio agio qui."

"Mi piace condividere i miei segreti con belle donne." La guardò dritto negli occhi.

Sarah si sentiva sopraffatta dalla sua presenza, proprio come la prima volta che si erano incontrati. La sua presenza l'aveva aiutata a sentirsi meglio di quanto non fosse stata per un bel po' di tempo.

Possiamo tornare qualche volta?"

"Certamente. Sentiti libero di venirmi a trovare ogni volta che ne hai voglia.

Sarah si sentì in cima al mondo mentre cominciavano a tornare verso la sua bicicletta con lui che le teneva stretta la mano per tutto il tempo. Alla fine arrivarono e si diressero verso la casa di Sarah.

"Grazie ancora per il passaggio.

"Quando vuoi. Ero sincero quando ti ho detto che avresti dovuto visitare la grotta. Sarebbe un piacere darti il benvenuto di nuovo!"

"Non lo so. Che ne dici di..."

Michael ha sorpreso Sarah dandole un bacio sulla fronte: questo indicava il suo interesse per lei?

"Devo andare, la mamma sarà qui se resto fuori ancora. Grazie mille di tutto!" Sarah corse dentro e si diresse dritta verso la sua stanza in un batter d'occhio.

In questo periodo iniziò a tenere un diario.
Oggi è stato davvero fantastico! Non avevo mai realizzato che oggi fosse San Valentino; tuttavia, ora che ne comprendo il significato. San Valentino sembra ancora più dolce se condiviso con una persona speciale come Michael; purtroppo però se mai lo scoprisse non lo avrò più! La grotta stessa era così magica; la sua atmosfera lo faceva sentire ancora più intimo.

La magia funziona davvero con meraviglia. Meditare, mentre la magia non può fare molto; a volte devo correre per mia mamma!

"Sarah, dove sei stata? Jason ha consegnato la spesa oggi e ha riferito che sei andata via con qualcuno. Chi era e dov'è adesso?"

"Mamma, ho diciassette anni! Se davvero ti dà così fastidio, Mary, Brian, Stacey e io siamo andati in montagna."

"Oh, eri con Mary?" Così ho pensato...

"Sì mamma, buonanotte. Sono molto stanco."

"Va bene. Dimmi dove andrai la prossima volta." "Sì, mamma. Buonanotte."

Sarah sapeva che non avrebbe mai potuto dire a sua madre del ragazzo che aveva iniziato a vedere da sola.

"La mamma andrebbe su tutte le furie, lo direbbe a papà e poi non rivedrei più Michael", pensò tra sé.

Capitolo 3 – Sarah Jane Miles! Dichiaro!

"Mary, per favore tienilo per te; non voglio che Betsy ne venga a conoscenza." "Mary, qui c'è qualcosa di strano, soprattutto considerando i suoi precedenti affetti da ADD; forse sta mentendo." Ma Mary non la pensava così: suo padre sembrava una persona troppo dolce per qualsiasi azione ingannevole da parte sua.

"Chi sei?" Betsy si unì al dialogo.

Larry ci aveva raccontato di suo cugino di Tulsa che era coinvolto nello spaccio di droga, promettendo a Larry ogni genere di regali se solo avessero corso il rischio con Mary." Mary rispose rapidamente.

"Sì, è vero. Sarah acconsentì e rivolse a Mary quello sguardo come per dire: Perché QUELLO?" Non gli credevamo nemmeno noi."

"Larry non fa uso di droghe. Allora cosa succede?"

"Si stava solo vantando con gli altri ragazzi di Clearmont, tutto qui. Gli uomini parlano sempre.

"Voi due vi comportate in modo strano. Forse dovrei andare a parlare io stesso con Larry." Mary assicurò a Betsy che ciò che veniva detto era vero; non ci sarebbero bugie da parte di nessuno dei due! Betsy corse lungo il corridoio cercando Larry prima di trovarlo finalmente nel suo armadietto con uno dei suoi compagni di classe.

Sarah e Mary seguirono da vicino Michael.

Betsy si rivolse a Michael con un tono seducente.

Gli diede il bacio più allettante possibile.

"Non adesso, Betsy!" Michael avvertì e spinse via Betsy.

Sarah osservò Michael tenere gli occhi aperti e strizzare l'occhio a Sarah.

"Larry, Sarah e Mary hanno riferito che ti vantavi di avere un cugino che spaccia droga; è vero? Ho detto loro che non ti droghi."

Betsy si avvicinò a Larry mentre Mary e Sarah stavano dietro di lei facendo gesti che avrebbero ottenuto il suo consenso; Michael ha anche dato una leggera spinta contro il suo braccio per assicurarsi che ciò accadesse.

"Beh si." "NO." "Va bene." "Forse... "Sì..."

"È giusto o no?"
Larry sembrava confuso ma alla fine ammise la verità e spiegò che si stava semplicemente mettendo in mostra.

"Ok Michael", disse Betsy con disappunto. "Vai avanti tu. Prima o poi ti raggiungerò; ho bisogno di parlare con Larry." Betsy sorrise leggermente prima di aggiungere: "Non metterci troppo tempo..." "Sì caro..."

Betsy svanì rapidamente nel nulla.

"A cosa serviva tutto questo?" Larry era confuso.

"Oh niente, solo chiacchiere da ragazze; non volevamo che sapesse di cosa stavamo realmente discutendo." Sarah rispose facendo l'occhiolino a Michael.

Michael si voltò e se ne andò.

"Mike! Non volevi discutere di qualcosa?"

"Qual è il suo problema?" si chiese Larry ad alta voce.

Sarah ipotizzò.

"Suona! Pista di pattinaggio! Suona!" È ora di andare a scuola! Non arrivare di nuovo in ritardo o dovrai affrontare delle conseguenze da parte del tuo preside! Sbrigati adesso prima che squilli!"

Sarah è andata a lezione. Durante il suo viaggio, Sarah ha visto Michael e Betsy baciarsi appassionatamente dietro una porta, cosa che ha fatto fermare Sarah a guardare affascinata; quando notò Sarah, però, si voltò bruscamente e continuò il suo bacio. Sarah era devastata.

Oggi è il mio grande giorno! Mi sento ansioso. Non sono sicuro di cosa avrà da dire il dottor Goldberg. Recentemente sono andato alla grotta di Michael ma non c'ero; dalla nostra interazione nella sala mi ha ignorato; forse è arrabbiato con me ma chi lo sa.

Perché qualcuno dovrebbe farlo? Perché quando me ne sono andato, la grotta mi ha fatto sentire riposato e rinnovato. Sfortunatamente, papà ha ritirato la macchina tardi, quindi ora è troppo lontano per camminare; da qui la necessità di correre. Augurami buona fortuna e dì una preghiera.

"Bene Sarah, vestiti velocemente e ci vediamo qui con tuo padre." Sarah si abbottonò rapidamente la camicia prima di uscire per incontrare il dottore e vedere cosa era successo.

Sapeva che sarebbe stata una buona notizia e si preparò di conseguenza.

"Sarah, permettimi di essere completamente sincero con te: la tua salute non è migliorata o peggiorata in modo significativo dal nostro ultimo appuntamento; tuttavia, sembra che si stia stabilizzando. Forse questo potrebbe significare una remissione; chi lo sa? Per ora ti fisserò per il 20 marzo con entrambi i tuoi genitori presenti perché voglio discutere ulteriormente di tutto questo insieme con entrambi."

"Conosci mia madre, non pensa che sia necessario e odio disturbarla con questioni così inutili."

"Beh, sarebbe più saggio se la portassi qui," rispose Sarah, sperando in notizie migliori. Almeno in quel momento si sentiva un po' speranzosa.

Ha deciso di non peggiorare e, insieme a suo padre, è salita in macchina ed è partita.

Una volta arrivati a casa, ha chiesto l'auto a suo padre.

"Papà? Per favore? Prometto che non farò tardi - per favore scusa il mio ritardo; ho davvero bisogno di un po' di tempo da solo senza che la mamma insista su come le visite dal dottore siano una tale perdita di tempo; crede nella guarigione se stessa ma non nei dottori! Per favore ?"

"Oh va bene. Sarah è la mia preferita."

"Ti amo anch'io, papà!" Gli diede un bacio sulla guancia ed espresse la sua ammirazione.

Sarah è uscita dal vialetto e si è imbarcata in una ricerca sconosciuta, cercando di sfuggire a tutti i suoi problemi. Ben presto, però, si ritrovò in una grotta inaspettata.

Michael era seduto in cima alla grotta, guardando oltre le scogliere. Mentre lei iniziava a tornare verso il suo camion, lui improvvisamente si voltò e la notò.

Michael gridò: "EHI SARAH!" Michael gridò con eccitazione. "Salire!" esclamò Michael con entusiasmo.

Sarah si avviò su per la collina, curiosa di sapere cosa lo avesse messo in uno stato d'animo così ottimista.

"Dove sei stato ultimamente?" chiese Sarah.

"In giro." Seguì un attimo di silenzio prima che tutti parlassero contemporaneamente: "Michael..."

"Sara..."
"Lascia andare prima le donne." "Perché sei arrabbiato con me? Ho fatto qualcosa di sbagliato?"

"Sarah, per favore perdonami se ti ho trattata ingiustamente. Quando ti ho vista l'altro giorno mi sono confusa; sentendo che menzionavi qualcun altro quando parlavi di me ho pensato che fossi io e mi dispiace."

"Beh, a dire il vero, l'ho detto a Mary. Tuttavia, dato che è la mia migliore amica, non lo dirà a nessuno."

"Ma Sarah, hai mentito per me! Non voglio ferirti e non dovrei farti suonare il secondo violino. Dopo tutto, tu sei la prima arpa!"

"Ehm, no." Lei annuì pensierosa prima di continuare, "Non pensare che abbiamo qualcosa da fare quando in realtà sono innamorato di Betsy.

"Perché sono innamorato? Proprio la settimana scorsa hai detto..."

"Come ho detto prima, è stata molto gentile con me e non so come potrei mai ripagarla per tutto quello che ha fatto; aiutandomi con i compiti a scuola, aiutandomi in casa, amandomi come sempre! "

"La ami davvero?"

"Sì, lo credo. Condividerei tutto con lei." "Allora perché non dovremmo condividere la grotta?"

"A volte ci sono cose che devono rimanere private. Per me questo significa prendersi un po' di tempo da solo - o come lo chiamano i miei arizoniani: meditazione". Qui è dove trovo il mio.

"Se l'avessi amata davvero, avresti portato qui lei invece di me. E io?" Sarah era quasi in lacrime.

"Non lo so. Forse non avrei dovuto baciarti, sono tutta confusa: perché sono venuta qui?" Michael corse nel bosco.

Sarah ha urlato a Michael ma lui non ha risposto. Sarah continuò la sua domanda ma Michael distolse lo sguardo.

Sarah era ancora una volta devastata. Quante volte quest'uomo le avrebbe fatto del male? Voltandosi e correndo verso la grotta, le lacrime non riuscirono più a trattenere e Sarah iniziò a gridare più forte possibile.

"PERCHÉ IO?! PERCHÉ NON MI AIUTI?! Sarah urlò mentre si batteva sul petto.

Michael corse di nuovo nella grotta e trovò Sarah in ginocchio all'interno e le chiese: "Sarah, stai bene? Ho sentito le tue urla". Inginocchiandosi, asciugò delicatamente eventuali macchie di sangue.

Lei scoppiò in lacrime.
"Non lo vedi? Non so cosa fare, perché pensavo di piacerti. Proprio ieri dicevi che Betsy era solo il tuo lavoro ma ora dici forse amarla? Non capisci l'amore?! Quando le cose è iniziato tra noi parole, baci, tenerezze... e ora questo... come è potuto succedermi questo e scappare?"

Michael si voltò e l'abbracciò forte. "Mi dispiace davvero; non avevo idea che tu provassi così tanto per me. Forse questa voleva semplicemente essere amicizia?" Michael la tirò più vicino.

"Ho già un incredibile migliore amico; ora non è il momento per altre relazioni; tuttavia, prima che sia troppo tardi, voglio un vero legame prima di morire."

A Sarah non importava che stesse per crollare. Era in un immenso disagio.

Si sentiva come se la sua vita fosse già finita; aveva perso la persona che sarebbe diventata il suo futuro coniuge.

"Tutti abbiamo bisogno di aiuto qui sulla terra; ecco perché sono qui."

Eccoci qui...
"Cosa intendi, Betsy?" esclamò, apparentemente confusa dalla tua risposta.

"Coraggio! C'è tutto il tempo per trovare qualcuno di speciale nella vita."

Sarah cominciò a singhiozzare in modo incontrollabile. Come poteva dirglielo adesso, quando era già troppo tardi? Perché non aveva parlato apertamente prima di perderlo del tutto? Sarah non poteva più vivere senza di lui.

"Michael, non so per quanto tempo.

"Nessuno lo sa per certo. La mia vita potrebbe cambiare da un giorno all'altro o potrebbe svolgersi lentamente nel tempo."

"No, non capisci. Oggi a Clearmont sono andato dal dottor Goldberg."

"Deve essere un oncologo."
So di avere la leucemia da quando avevo 13 anni e sono nato con essa; sfortunatamente i miei genitori si rifiutano di credere a questo fatto."

"Questo è assurdo!" Ma queste persone sono cristiane; non pensano che Dio li punirebbe in questo modo."

"Hanno detto questo?" Mia madre lo fece, quando il dottor Goldberg li informò per la prima volta che avevo la leucemia. Da cinque anni devo andare dai medici da sola o con mia zia; solo di recente anche mio padre ha iniziato a frequentarmi." Appena avevo 11 anni, i miei genitori mi trasferirono fuori città dopo che un medico consigliò loro di visitare uno specialista per identificare il mio tipo di cancro e loro si rifiutarono. Invece, mi trasferirono più vicino a mia zia perché potesse aiutarmi. Quando si sono rifiutati di nuovo, mi hanno trasferito qui, vicino alla dottoressa Goldberg, alla quale all'inizio non credevano; mi ha portato lì lei stessa, anche se non paga le bollette! Prima di questo trasferimento loro Vivevo a Los Angeles ma mia madre non crede più a questa storia mentre mio padre ora ci crede ma fa quello che dice la mamma quindi fa davvero schifo."

"Considera questo: se tu dovessi morire domani, nessuno saprebbe perché - potrebbero dare la colpa a Dio - sarebbe un male. Sai quanto tempo hai?"

Mi dissero che quando comparvero i sintomi mi restavano al massimo cinque anni da vivere. Quando si sono presentati per la prima volta all'età di 8 anni, ho iniziato ad avere sangue dal naso regolarmente, ero sempre esausto, avevo spesso la febbre, avevo i linfonodi in gola ingrossati che inizialmente si pensava fossero dovuti a problemi alle tonsille o alla gola; i miei genitori hanno rifiutato qualsiasi trattamento come radioterapia o chemioterapia perché erano troppo costosi e perché la mia condizione esisteva già prima di trasferirmi qui - neanche la loro assicurazione copre la mia malattia; inoltre non verrebbero nemmeno sottoposti al test per i trapianti di midollo osseo, quindi prendo semplicemente le medicine che mi danno finché non succede qualcosa."

"Cosa puoi dirci del dottor Goldberg?"

"Ha detto che finché la mia salute sarà stabile non insisterà sulla questione; tuttavia, quando si tratterà di morire o di ricevere cure, combatterà per me.

"Beh, spero di non arrivare a questo. Non so cosa ne sarebbe di me se non fossi qui; anche se ci siamo appena conosciuti, mi sento già vicino a te. Sarebbe meraviglioso se trovassero una cura o qualche soluzione."

"Michael, devo andarmene. Un minuto prima stavi parlando di essere amici; poi il momento dopo sembra che tu non possa vivere senza di me. Questo mi lascia confuso; non capisco le tue motivazioni."

Michael si chinò e baciò di nuovo Sarah, questa volta sulle labbra.

Questo spiega i miei sentimenti?"

"Ma hai detto..."
Lo so, ma non era mia intenzione; piuttosto, mi sento più vicino a te ora che abbiamo discusso delle nostre differenze: gli uomini possono cambiare idea altrettanto velocemente!

"E che mi dici di Betsy?" Questo è ciò che rende difficile la mia decisione: non volerla ferire in alcun modo e se ciò che sostengono i suoi genitori è vero, allora Betsy potrebbe farsi del male."

"Lascia fare a me; conosco un modo per raggiungerla. Tuttavia, potrebbe volerci un po' di tempo e - solo per questa volta! - potrei aver bisogno di mentire."

"Sono disposto ad aspettare. Tuttavia, per favore fai attenzione ed evita di fare qualcosa che non dovresti fare. Vale la pena aspettare."

IL CAPITOLO -4 PREVEDE L'INCORPORAZIONE

Le cose con Michael hanno iniziato davvero a migliorare dal nostro ultimo incontro; gli piaccio davvero e vorrei che potessimo trascorrere ogni momento di veglia insieme; purtroppo Betsy disapproverebbe e non so cosa accadrebbe se lo scoprisse; dovrai solo avere pazienza mentre comincio a scrivere un altro diario nella speranza di mantenere Michael il mio partner per sempre.

"Mary, hai contattato le altre ragazze?...Sì. Farò attenzione ad affrontare la situazione...Sì, mamma e papà sanno della festa; ci hanno detto di organizzarla."

"Lasciamelo mettere nella stalla....Okay. Ci vediamo dopo...Ciao." Sarah ha quindi interrotto la chiamata.

"Papà, oggi mi sento giù, quindi faccio una passeggiata per rinfrescarmi con l'aria fresca. Spero che mi aiuti!"

"Sarah, non sembra che una passeggiata serva. Forse sdraiarsi sarebbe più utile."

"Non preoccuparti, andrà tutto bene. Non starò via a lungo."

Sarah ha deciso di andare alla grotta. Michael le aveva mostrato un percorso alternativo attraverso il bosco che avrebbe dovuto durare solo una ventina di minuti, quando arrivò decise di sdraiarsi e guardare i suoi cristalli scintillanti prima di muovere la mano su uno e subire una scossa elettrica.

Mentre Sarah fissava questi preziosi cristalli, Sarah sentì qualcosa di simile a un ago intenso che le perforava la pelle.

"Whhhooooooaa! Cos'era quello!" Sarah esclamò sorpresa.

Sarah iniziò a tornare verso casa quando incontrò Michael che scendeva lungo il sentiero. Michael si presentò e commentò: "Ciao Sarah. Mi sembra strano che tu sia ancora qui a così tarda ora."

"Mi sentivo giù, quindi volevo fare una passeggiata e sono finito qui. Michael è corso da Sarah."

"Ecco, siediti. Non stare qui da solo sentendoti male." "Michael, smettila di preoccuparti così tanto; ora mi sento bene."

"Sei sicuro... che ne dici di..."

"Non appena sono arrivato in questa grotta, la malattia sembrava dissiparsi quasi all'istante.

Michael sorrise consapevolmente a Sarah. "Immagino che fosse perché stavi arrivando," rispose, "quindi perché non dovrei fidarmi altrettanto di te e dei cristalli della caverna?" Sarah annuì consapevolmente prima di rispondere: "Sì Michael, i tuoi poteri curativi possono fare altrettanto bene di quei cristalli".

Sarah ha risposto scherzando. : Non mi piacciono molto tutte queste faccende della guarigione con i cristalli o della meditazione."

Sarah e Michael si sono divertiti seduti sulla scogliera per un po' prima che Sarah fosse costretta a fare una corsa urgente per tornare a casa.

"Assicuratevi di arrivare entro le 19:00!"

"Ci sarò, ma cosa devo fare con Betsy?"

"Non preoccuparti. Ti chiamerà e ti consiglierà di non andarla a prendere."

"Okay. Sei sicuro che sia sicuro?" "Se Betsy ci vedesse insieme potrebbe rovinare tutto - ci vediamo!"

Sarah ha deciso di tornare a casa da sola. Quando arrivò lì, suo padre stava aspettando Sarah con il trattamento di terzo grado.

"Papà, mi sento meglio dopo aver fatto una passeggiata. Promesso!" "Dove sei stato per così tanto tempo? Anche il tuo medico ha notato che qualcosa non andava."

"Papà, sto bene. Adesso vado a letto."

Capitolo 5- 24 febbraio

Non vedo l'ora che stasera Betsy trovi il mio diario segreto nello spogliatoio e scopra che io e Michael lo abbiamo condiviso. Betsy può divertirsi tantissimo frugando in ogni cosa; Michael avrà tempo per noi due da soli, perfetto. Purtroppo ora devo partire; altrimenti farò tardi a scuola e mi perderò questo momento speciale della storia! Arrivederci!

"Mary, Susan e Kelly hanno fatto quello che ci si aspettava?"

Rilassati un po'. Andrà tutto bene. Larry è con Steve adesso.

"Stai zitto! Betsy sta arrivando!"

Betsy assunse il suo solito tono aspro. "Ciao ragazze. Avete già sentito parlare di Steve Drake?" chiese Betsy con la sua solita voce beffarda.

"Steve ascolta con attenzione e attenzione.

"Non io, Mary; vorrei che qualcuno mi guardasse, soprattutto Steve Drake. Sbrighiamoci, altrimenti faremo tardi per la palestra."

Sarah iniziò con entusiasmo a scrivere nel suo diario; era sulla sua lista da quando aveva iniziato la scuola.

"Andate avanti ragazze. Devo finire di scrivere questo. Sarò lì tra un minuto." "Di quale argomento stai scrivendo questa volta con Sarah?"

"Mary, per favore continua a parlare liberamente; questa conversazione è privata."

Mary fece l'occhiolino a Betsy e la diede una spintarella per incoraggiarla a guardare il diario di Sarah, con Betsy che tentò senza successo di sbirciare oltre le spalle di Sarah. Mary lasciò che Betsy sbirciasse abbastanza lontano da permettere a Betsy di riconoscere Steve come scritto sopra prima di uscire dallo spogliatoio vestita per la lezione di ginnastica indossando il loro abbigliamento da palestra. Sarah poi appoggia il suo diario falso sul pavimento accanto al suo armadietto prima di unirsi a Betsy, Mary e Betsy fuori nei loro abiti da palestra.

"Ehi ragazzi! Per favore aspettate! Sto arrivando. "

"Beh, sbrigati, Mary, stiamo per uscire! Hai portato la tua felpa?" "No Mary. Devo andare a prenderlo; è stato dimenticato nel mio armadietto." Per favore, puoi aspettare qui mentre vado a prenderlo?"

Non mi piace camminare da solo in pista.

"Non preoccuparti Sarah, posso procurartelo io. Segui semplicemente Mary." "Oh no; non allarmarti; non c'è bisogno che ti preoccupi - nessun problema qui - lascialo qui e basta; non voglio disturbare nessuno."

"Oh no. Non offenderti, non è affatto un problema, anzi penso che prenderò anche il mio! Ci vediamo in pista."

Betsy corse nello spogliatoio e trovò l'armadietto di Sarah. Mary e Sarah si unirono ai loro compagni di classe fuori per unirsi a Betsy che frugò in ogni armadietto finché non trovò finalmente quello di Sarah.

si chiese Betsy, mentre raccoglieva il diario dal pavimento. "Che sfortuna Sarah! Lettori di Finder! Lascialo fuori e posso leggere!" Betsy esclamò tra sé con orgoglio.

"Oh no!" Betsy rimase molto sciaccata da ciò che lesse.

Capitolo 6

24 febbraio Sono tornato di nuovo, aspetto con impazienza i risultati del tuo test. Per favore, perdonami per averti messo nella mia stanza: il fienile è decorato e non voglio che Betsy ti trovi lì. Devo andare adesso perché c'è qualcuno che chiama!

"Ciao...oh ciao Betsy...non posso venire oggi.....oh no...speravo che succedesse..." "Aspetta, chi sei ancora? ..Oh no....Nessuno qui stasera..." "Um...Non devi venire adesso....Oops....Nessuno qui stasera..." "Beh no...Quello era un peccato... speravo che Betsy si unisse a noi," ha continuato Riff Raff.

Che cosa succede? Oh... Michael lo sa... Dovresti chiamarlo e informarlo che farai tardi... Nel caso venissero a cercarti... Ma pensavo che saresti venuto...

Divertiti! Anche se non fosse di tuo gusto... Vabbè... Divertiti.

Sarah chiamò Mary prima di uscire ad aspettare.

"Mary! Ha funzionato! Betsy ha chiamato e mi ha detto che voleva Michael qui stasera mentre loro facevano programmi a casa: sta andando tutto molto bene," gridò Sarah dall'altra parte del cortile.

"Tieniti forte, figlio mio! Andrà tutto bene!" Sarah e Mary andarono nella stanza di Sarah per cambiarsi. Sarah ha indossato il suo abbigliamento semi-formale mentre Mary ha indossato il suo abbigliamento semi-formale come parte dei suoi preparativi per la festa.

Dopo aver finito di vestirsi formalmente, uscirono verso la stalla. Il loro abbigliamento consisteva in abiti formali verde acqua con pizzo nella parte superiore che avvolgeva una base di raso.

In quel momento erano arrivati alcuni ospiti e si stavano godendo la musica. Si guardò attorno ma non riuscì a localizzare Michael.

"Larry, dov'è Michael?"

"Non lo so, non l'ho visto per tutto il pomeriggio. Balliamo, Mary." "Vai avanti Mary, starò bene."

Sarah si avvicinò e si sedette. La sua mente tornò alla seconda media, dove assistette al suo primo ballo con Jimmy Harris nella squadra di football; piaceva a tutte le ragazze, ma Sarah ebbe la fortuna di averlo come appuntamento quella particolare notte.

"Sarah, sei decisamente la ragazza più carina qui: come hai raggiunto una tale bellezza?" Jimmy si complimentò mentre ballavano.

Sarah iniziò a ballare velocemente al ritmo di una canzone uptempo quando Sarah improvvisamente sussultò "Jim... Jim..." prima di svenire per la stanchezza.

"Presto! Chiamami un dottore!" qualcuno gridò disperato.

gridò Jimmy a Sarah. Una volta che Sarah si è ripresa, i suoi amici hanno spiegato cosa era successo.

"E Jimmy le ha detto che non voleva essere visto con una persona così strana; così se n'è andato."

Sarah era devastata; credeva che non avrebbe mai più mostrato la sua faccia in pubblico.

"Questa stupida malattia. A volte vorrei non essere mai nata!" Sarah pensò tra sé.

"Se solo Michael fosse qui," pensò ad alta voce, "potremmo ballare."

"Potrei avere questo ballo, Sarah?"

Sarah si voltò e rimase scioccata nel vedere qualcuno che indossava uno smoking nero, con lucenti ciocche bionde, e indossava una maschera da lupo. Sarah immediatamente rabbrividì di paura perché sembravano impossibili, quasi spaventandola da dietro.

"Loro chi sono?" Michael si tolse la maschera e si avvicinò a lei, chinandosi in avanti per darle un bacio.

"Oh, ciao Michael. Non ora!" gli sussurrò all'orecchio. Ha inventato una storia su dove fosse andata Betsy. Mettendosi in mostra, fece finta che non esistesse alcuna conoscenza riguardo a Betsy o che la sua lista degli invitati fosse necessaria per il loro arrivo.

"Stavo pensando..."
Lei sussurrò.

"Beh...uh...non lo so. Doveva incontrarmi qui; possiamo ballare mentre aspetto?"

"Beh, certo. Probabilmente non le dispiacerà."

Mentre Sarah e Michael ballavano sulla piattaforma, i loro sguardi si incrociarono. Michael si sentiva come se il paradiso fosse a portata di mano: la sua ragazza preferita e quella notte gloriosa erano proprio lì davanti a lui.

"Michael, ho un messaggio importante per te. Betsy mi ha chiamato e mi ha detto che aveva bisogno che tu andassi a prenderla, ma non sulla tua moto. Magari usando l'auto di qualcun altro o ancora meglio lasciando che Sarah guidi: a suo padre non dispiacerà! " Maria lo interruppe.

Michael e Sarah guardarono confusamente Mary prima che Mary strizzasse l'occhio a entrambi e sorridesse consapevolmente.

"Mary, puoi aiutarmi a prendere le chiavi?"

Sarah prese Mary da parte mentre entravano in casa.

"Questo non faceva parte del tuo piano; cosa stai facendo adesso?"

"Credimi. Betsy ha chiamato a casa mentre tu e Steve stavate ballando e tuo padre è venuto a prendermi. Ci ha detto che aveva Steve lì con lei e che avevano intenzione di usare la vasca idromassaggio, abbreviando così il nostro piano." Continua, vedrai presto.

"OK Mary. Mi fido di te e verrò a prendere le chiavi."

"Vieni con me Michael, andiamo. Ti spiegherò tutto quando arriviamo."

Sarah ha informato Michael del piano di Mary e Betsy di lasciare la festa, spiegando che questo avrebbe accelerato il loro tempo insieme. Michael ha accettato il piano di Sarah.

Sara ha risposto. Nessuno dei due sapeva cosa avrebbero dovuto aspettarsi da questo incontro e quindi hanno scelto di non giocare a nessun gioco, mantenendo la calma e cercando una soluzione amichevole.

"Non so cosa dire. Qual è lo scopo del mio venire qui se me lo chiede?"

"Dille che il messaggio non è arrivato e che il tuo abbigliamento richiesto per l'evento ha causato ritardi; forse a causa del tuo smoking.

"Sei sicuro che i suoi genitori non siano a casa?"

"Sì, è venerdì sera e la famiglia esce a cena e al cinema.

Michael bussò delicatamente alla porta. A causa della musica ad alto volume, decisero di entrare. Una volta dentro attraversarono la casa e uscirono nel patio dove c'era una vasca idromassaggio.

Sarah ha tentato di fermare Michael ma lui non l'ha sentita chiamarlo di aspettare.

Michael continuò a camminare fuori. Michael era incerto se avrebbe potuto sopportare o meno ciò a cui stava per assistere; sebbene amasse profondamente Sarah, anche Betsy occupava un posto importante nel suo cuore; nessuno dei due voleva deludere l'altro; Sarah era diventata più che una semplice compagna; Michael si era avvicinato a lei nel corso del tempo e ora non vedeva l'ora di assistere a ciò che li aspettava entrambi. Preparandosi per ciò che lo aspettava, si preparò per ciò che lo aspettava.

Michael gridò il suo nome mentre cercava Betsy nella zona.

La musica suonava forte e romantica. Alla fine la trovò sulla hot top con Steve; indossava un bikini senza spalline che la copriva a malapena, mentre sedevano vicini in una vasca da bagno pronti a baciarsi; accanto alla vasca giacevano bicchieri di zinfandel bianco, completi di mezze bottiglie. Quando sentì di nuovo i loro nomi gridare di nuovo:

Betsy spinse via Steve e cercò di tuffarsi sott'acqua per non mostrare a Michael il suo corpo. Michael gridò con rabbia. "Perché sei qui!" egli esclamò.

Sarah corse dietro a Michael solo per trovarlo fuori dalla vasca idromassaggio che guardava due adolescenti ubriachi che stavano lì vicino.

"Cosa ci fai qui, Betsy?" Michael era infuriato. Aveva dimenticato che Sarah era entrata in casa sua con lui.

"Michael, lasciami provare a spiegare..."

"Per favore, Betsy. Dal mio arrivo qui, ho fatto tutto il possibile per assicurarmi che tu fossi contenta. In fondo, tutto ruotava attorno a renderti felice; anche contro i miei migliori giudizi! In fondo, lì non era niente per me: riguardava solo te e mai ciò che era meglio. In retrospettiva, vorrei che non ci fossimo incontrati affatto!"

Michael si fermò prima di pentirsi di ciò che aveva detto.

"Sarah può parlare con lui, per favore?"

"Betsy, pensavo che fossi migliore di così. Non solo hai tenuto qualcuno contro la sua volontà per mesi senza il suo consenso, ma ora stai cercando di rubare il fidanzato/amante di qualcun altro! Quando leggevo il mio diario a scuola e sapevo che mi piaceva Steve - non c'è speranza!" Sarah ha risposto continuando a giocare.

Steve e Michael si scambiarono sguardi confusi prima di rispondere "Cosa?" contemporaneamente.

"Sarah ha completamente rovinato la mia vita e quella di Michael insieme; soffriamo insieme. Vieni Michael. Andiamocene da qui." Sarah ha provato a tirare Michael per il braccio ma lui non ha risposto, staccandosi per andare invece verso Steve.

"Ciao... Le ragazze della scuola mi hanno detto che era disponibile." Steve

Non appena emerse dalla vasca e cominciò ad allontanarsi, tentò di spiegare.

Michael all'improvviso tirò indietro il braccio e diede un pugno in bocca a Steve, facendolo volare di nuovo nella vasca idromassaggio prima di girarsi e tirare fuori Betsy per il braccio.

"Sei un bugiardo arrogante, egocentrico e traditore! Non voglio vederti mai più. Anche se vuoi distruggere altre vite, mi rifiuto di permettere che ciò accada nella mia. Hai bisogno di aiuto. Goditi la serata mentre ti informerò i tuoi genitori riguardo a questo - non aspettarti che non glielo dica neanche io! Cresci e fai quello che farebbe una persona normale. I tuoi genitori possono sembrare protettivi ma non è necessario che sia affatto vero - scommetto quello che hanno detto non sono stato del tutto sincero: non li hai ingannati! Auguro a tutti voi una vita meravigliosa!

Michael si voltò e corse alla sua macchina. Una volta dentro, salì e se ne andò senza ricordare che Sarah era presente.

"Michael... aspettami. Sarah... entra!" [Oh no...l'avevo dimenticata] [Rise nervosamente].

Mentre cavalcavano in silenzio per il resto del viaggio, Sarah non era sicura se rompere prima il silenzio o permettere a Michael di iniziare a parlare per primo. Michael sembrava particolarmente turbato: voleva essere uno scherzo ma si era spinto troppo oltre; gli importava davvero di Sarah? Nel frattempo Steve e Betsy iniziarono immediatamente a scambiare conversazioni.

"Steve..." Betsy Prima devi spiegarti. Pensavo fossi single; Non sapevo che uscivi con qualcuno così forte da avermi rotto la mascella! Prima, alcune ragazze a scuola mi hanno detto che eri single e interessato a me."

"Steve....non so cosa dire; cosa hanno detto le ragazze o i miei pensieri."

A chi importa chi era o anche dove li hai incontrati. Ora che sono libero, su chi posso contare? Mi vuoi ancora?"

"Forse dovremmo concludere la serata; i tuoi genitori arriveranno presto. Anche se mi piaci, non voglio ulteriori conflitti con Michael; forse aveva ragione nel suggerirlo."

Betsy si sporse per baciare Steve. Steve sussultò quando lei prese delicatamente il suo dito e lo premette delicatamente sul labbro dolorante.

"Non posso lasciarti andare via così! Meriti delle cure speciali e so esattamente come aiutarti," dichiarò Betsy con un tono di voce civettuolo.

"Che cos 'era questo?" Steve attirò Betsy più vicino ed entrambi crollarono nella vasca insieme. Michael continuò a guidare senza meta finché non trovò una strada che portava a destinazione.

Iniziò a salire sulla collina quando Sarah cominciò a parlare.

"Michael, stai bene?"
aveva chiesto Sarah, e Michael aveva risposto "Perché non mi hai detto cosa stava succedendo, ero così imbarazzato". "Perché non me lo hai detto?"
Sarah ha risposto che Michael stava bene ma si sentiva a disagio nel dire a Sarah cosa era successo tra loro e lui;

"Sono rimasto sorpreso da quello che ho visto. Infatti ho provato a dirvi che non capivo cosa stesse succedendo, ma con la musica non riuscivate a sentirmi e mi dispiace profondamente che i miei tentativi siano falliti. Comunque, ho pensavi che saresti stato felice?"

"Non avevo previsto che si sarebbero incontrati!"

"Michael, Mary mi ha detto che avevano intenzione di usare solo la vasca idromassaggio ma non avevano intenzione di spogliarsi. Con mio shock e sorpresa, Mary si è quasi completamente spogliata."

"Steve sapeva che era tutto pianificato?"

"Mi sono scusato per aver dovuto dire una bugia; tuttavia, nessuno lo sapeva o aveva bisogno di sapere: sono la coppia perfetta e dovrebbero lasciare che lui si occupi delle sue buffonate senza interferenze da parte tua o di chiunque altro. Perché sembri arrabbiato adesso? Sei arrabbiato?" geloso?"

"Torniamo alla festa, andiamo avanti senza preoccuparci."

"Dimmi la verità: provi ancora dei sentimenti per Betsy o hai sviluppato dei sentimenti per me?"

"Sarah, tu significhi tutto per me - e lo dico senza riserve. Farei qualsiasi cosa per te. Non desidero altro che stare con te... Sfortunatamente..."

Sarah si chinò e diede a Michael un bacio, prima che Michael la prendesse per mano e la conducesse fuori dalla macchina al chiaro di luna: erano arrivati ad una grotta!

Possiamo completare la nostra danza?"

"Cosa facciamo senza musica? La radio nella nostra macchina non funziona."

"La musica per me non esiste; è nei tuoi occhi!" Michael rispose mentre la avvicinava.

Sarah sapeva che la sua serata era diventata troppo eccitante, con Michael che voleva che lei ballasse e lei non voleva deluderlo. Così cominciò a seguirlo in giro, dimenticando completamente la sua salute solo per quella notte - finché all'improvviso i suoi occhi videro una grotta dove i cristalli brillavano brillantemente nelle sue profondità; senza alcuna fonte di luce visibile.

"Michael, hai lasciato qualche luce accesa nella grotta?" "No perchè?"

"Senza una ragione particolare, sembrava semplicemente luminoso lì; deve essere stato a causa della luce della luna."

Sarah scacciò il pensiero dei cristalli luminosi. Si chiese perché esercitassero su di lei un tale fascino, perché la facessero sentire meglio, o forse era Michael stesso - si sentiva a suo agio quando era con lui e non si verificava alcuno stress quando stava con lui - la sua presenza la faceva sentire come l'unica persona al mondo. Terra; quindi i suoi pensieri tornarono a Michael mentre ballavano insieme cantando canzoni d'amore con lui che cantava per Sarah mentre ballavano insieme anche loro.

"Sappi che io canto solo canzoni su di te; ogni canzone che scrivo esprime un'emozione o un momento..." Continuò a cantarle questa bellissima melodia: "...tu sei la mia storia..."

Sarah si ritrovò persa nelle parole di Michael mentre sembravano penetrarle la mente come raggi laser. Il suo sguardo intenso penetrava Sarah, avvicinandola mentre discutevano di politica.

Qualcosa in lui che non riusciva a individuare ma che trovava comunque attraente.

CAPITOLO 7

"Sarah, per favore preparati e raggiungimi nella sala d'attesa. Voglio parlare anche con tuo padre."

Sarah si è sentita presa dal panico. Cosa avrebbe detto loro il dottore e avrebbe raccontato a Michael questa notizia? Sarah ha considerato queste possibilità prima di parlare.

Ha permesso che i cattivi pensieri la consumassero. Con riluttanza aprì la porta della sala d'attesa e con riluttanza si diresse verso dove erano seduti suo padre e il dottor Goldberg.

"Bene Sarah, forse già sai cosa sto per dirti. Purtroppo tua madre non ha potuto essere presente -..."

Per favore, dottor Goldberg. A mia madre non importa quindi per favore raccontaci semplicemente la notizia: posso gestirla."

"Beh, non so cosa sia successo ultimamente ma..."

"Questa volta posso rilassarmi! La scuola non è stata così stressante. Dammi una possibilità..."

"Sarah, alla tua festa due settimane fa ti ho detto che ti stavi sforzando troppo e avevi bisogno di rallentare. Da ora in poi..."

"Chris, Sarah, per favore permettetemi di finire. Come stavo dicendo prima, qualunque cosa steste facendo potrebbe avervi aiutato a migliorare, dato che il numero dei vostri globuli bianchi è sceso di qualche grado rispetto al livello abituale - cosa che accade raramente, quindi in nel tuo caso questo avrebbe potuto essere di grande aiuto. Pertanto voglio che tu tenga un registro di tutto ciò che mangi e di ogni attività che svolgi per un mese come parte della nostra valutazione medica."

Entro 30 giorni verrò a trovarti intorno al 15 aprile. Tuttavia, ciò non significa ancora una remissione; quindi dobbiamo aspettare e vedere quando ci vedremo la prossima volta; eseguire i test in modo appropriato; segnalatemi immediatamente qualsiasi cambiamento improvviso nell'alimentazione o nei sintomi fisici."

"Grazie mille, dottor Goldberg; Sarah ti ha stretto la mano così tante volte prima che tu la fermassi.

"Stai tranquilla Sara." Sarah ha risposto "Scusa papà, devo dirlo a Michael". 20 marzo

Ciao! Chi altro potrebbe essere! AHAH! Volevo solo dirvi che ho ricevuto delle ottime notizie dal mio medico sull'inizio della remissione: non vedo l'ora di dirlo a Michael ma non so dove si trovi in questo momento. Inoltre, mi hanno detto di continuare a fare quello che sto facendo; sfortunatamente non hanno fornito dettagli, forse dovrei andare a dare un'occhiata a quella grotta più tardi... Ci vediamo più tardi.

Sarah ha convinto suo padre a prestarle la sua macchina in modo che potesse cercare Michael. All'arrivo alla grotta, però, Michael non c'era: era passato quasi un mese dalla festa e Sarah riteneva che fosse meglio che Michael avesse un po' di spazio da Betsy; vederlo a scuola e occasionalmente nei fine settimana sembrava suggerire che le cose non erano proprio come Sarah si aspettava o che tutto avrebbe potuto essere inventato a suo vantaggio.

Sarah si avventurò nella grotta e si sdraiò sul lettino, approfittando della sensazione insolita di sdraiarsi lì quando si sentiva bene: un'esperienza del tutto nuova per lei. Sarah esplorò rapidamente più da vicino questo spazio straordinario; attirata particolarmente dai suoi cristalli che emanavano uno splendore così affascinante, rimase estasiata dalla loro bellezza prima di cominciare ad addormentarsi in loro compagnia.

"Guarda là! A me sembra oro! Sei d'accordo che potrebbe farci diventare ricchi? Perché non ne portiamo un po' in città?"

"Non essere ridicolo, Benny, non c'è oro nelle Sierras!" Sarah si voltò verso Benny per confermare questo fatto e offrì qualche prospettiva: "Ma sembra certamente oro - riportiamone un po' al campo!"

Sarah e Benny infilarono il loro tesoro nei lembi della camicia e tornarono al campo, spingendo entrambi i gruppi di genitori a liquidarlo come oro sciocco; ma a Sarah e Benny non importava; le loro menti di bambini di nove anni non riuscivano a comprendere concetti come il denaro.

Usarono un martello per spaccare la roccia e ciascuno ne portò a casa una parte come souvenir.

Si separarono e non si videro mai più.

Sarah ha raccontato a sua madre di aver sentito la sua voce attraverso la roccia, al che sua madre ha risposto: "Che carino caro, è fantastico che tu abbia un'immaginazione così attiva!" Sarah è poi tornata alla realtà; senza mai capire bene perché sua madre le avesse fatto questo.

Non credere a nulla di ciò che dice.

Si alzò e cominciò ad esplorare la grotta. In un angolo si imbatté in antichi geroglifici raffiguranti persone sdraiate circondate da cavalli volanti e che danzavano davanti a quello che sembrava un falò.

Sarah annuì e pensò ad alta voce: "Sicuramente deve trattarsi di qualche tipo di prenotazione?" "Questo è vero." "Destra."

Sarah fu allarmata nel vedere Michael fermo sulla soglia. Michael informò Sarah che un tempo apparteneva a una tribù Navajo, ma la sua riserva era stata rimossa dallo stato alla fine del 1800 a causa dell'erosione, poiché troppe persone vivevano in un'area troppo piccola.

Alcuni dicono che fosse intenzionale; altri la considerano disattenzione. Il mio consiglio? Passa presto e dammi un bacio: mi manchi così tanto!"

"Michael, per favore accetta le mie scuse più sincere. Volevo semplicemente darti il tempo per pensare. Questo non era destinato a..."

"Sarah, non potrei mai arrabbiarmi con te. Per favore, vieni a darmi un bacio; la prossima volta non aspettare così a lungo altrimenti il mio bacio potrebbe già essere scomparso!"

Sarah irruppe tra le braccia di Michael, sentendosi come se non potesse mai lasciarlo andare.

Michael la faceva sempre sentire speciale.

"Perché sei qui, Michael? Non avevi appuntamento oggi?" Sarah iniziò a piangere mentre Michael le diceva queste parole.

"Sarah, qualunque cosa sia accaduta andrà bene. Insieme supereremo tutto questo. Non ti permetterò di lasciarmi di nuovo; non riesco a immaginare la vita senza di te - forse adesso..."

"Non sono arrabbiato, anzi, sono felice! Il mio medico mi ha detto che le mie condizioni potrebbero essere in remissione.

"Può davvero essere vero?" è stata la loro reazione quando hanno saputo di questa bella notizia! Difficilmente potevano credere a ciò che avevano sentito! Questa è una notizia davvero incredibile!

Michael prese Sarah tra le braccia e l'abbracciò forte prima di farla girare in tondo - per la gioia di Sarah che semplicemente sorrise e rise.

"Sono un po' perplesso. Qual è stata la ragione della tua remissione secondo il tuo medico?"

"Mi ha detto di continuare a fare quello che stavo facendo e di scrivere tutto. Ha detto che qualcosa che ho fatto nell'ultimo mese era responsabile, ma non so quali azioni mi abbiano aiutato."

"Lo so," si vantò Michael. "Ed è tutto grazie a me!" Michael avvicinò Sarah. "Ti ho portato qui; è grazie a me che sei felice."

"Non ti sembra che abbiamo concesso troppo?" Sarah rise.

"Sei felice e migliore adesso? Ti piace vivere qui e me?" Lei sorrise dolcemente. "Sì. Tutto qui è stato meraviglioso per me, soprattutto grazie a te. Grazie mille." "Certo che è stato fantastico; in effetti penso che siamo la più grande medicina l'uno per l'altro!" "Sì, certo, e la tua presenza è stata la cura definitiva!" "Sì certo; qui è stato tutto meraviglioso; anzi sei stato il compagno ideale!" "Assolutamente no! Qui è stato tutto fantastico: quale medicina migliore avrebbe mai potuto esserci del mio amore, ovviamente!" "Sì. Assolutamente; tutto qui è stato fantastico come è stato fornito dalla tua presenza - così come la tua presenza." "Certamente; sì, davvero; tutto è bello qui; tutto qui." "Sì, è stato assolutamente fantastico qui - grazie per essere qui; questo posto è stato meraviglioso; - in effetti penso che essere qui sia stato esattamente come promesso; tutto di te è stato fantastico; grazie sei stato la mia più grande fonte di medicinale."

"Sono grato a Dio per questa opportunità."

"Perché non credi nella semplice magia?"

"Sì, ma credo anche che tua mamma avesse ragione: Dio opera in modi misteriosi! Quando ero più giovane frequentavo la chiesa abbastanza spesso da impressionarmi."

"Sembra che tu pensi che io sia malato perché il suo Signore non lo permetterebbe mai. Sfortunatamente per lei, il suo Signore mi ha dato questa malattia, quindi perché dovrei credere che me la porterà via? Scusa Sarah, non mi fido di te!" Sarah ha risposto in lacrime: "Devo andare adesso.

"Sarah, non abbiamo bisogno di discuterne adesso; torniamo alla tua prenotazione."

"Che cosa?"
Questo era ciò che mormoravo quando sono arrivato qui: gli indiani credevano che disegnando immagini raffiguranti ciò che li affliggeva o li preoccupava e le possibili soluzioni, qualsiasi maledizione non li avrebbe danneggiati.

"È certamente impressionante, ma sei sicuro che sia vero? Me ne ha parlato un indiano di nome White Heaven. Una volta viveva qui ma da allora si è trasferito altrove."

Da quando si è trasferito nella sua nuova riserva con la sua famiglia, visita spesso questo luogo e un giorno l'ho visto al limite, come se stesse per saltare.

"Ha saltato?" No, stava solo pregando. Dovresti incontrarlo un giorno: è un personaggio entusiasmante!"

"A cosa serviva questa grotta, con tutti quei cristalli?" Questa grotta fungeva da tenda medicinale utilizzata da varie tribù per consultazioni e pratiche mediche. Tra le sue mura erano ospitati i rispettivi stregoni che sarebbero rimasti fino a quando richiesto.

Quando qualcuno era malato, venivano a trovarlo; alcuni dicono che lo stregone possedesse poteri magici di guarigione che permettevano loro di curare qualcuno semplicemente guardandolo.

"Ora stai giocando con le mie emozioni! Devo tornare a casa perché la mamma sarà preoccupata."

"Mi fermerò. Per favore resta. Mi sei mancato così tanto!"

"Michael, non si tratta affatto di religione: devo andarmene prima che diventi buio; ho camminato fin qui."

"Aspettiamo qui, Michael ha la sua bicicletta, posso portarti a casa." Michael si avvicinò e baciò Sarah prima di allontanarsi.

Sarah non riusciva a smettere di pensare a quello che aveva detto Michael; i miti indiani potrebbero davvero essere veri?

CAPITOLO 8

Così ho scoperto che la grotta che visito appartiene ad una tribù indiana chiamata Navajos! Michael ha condiviso alcune storie affascinanti, rendendo questa scoperta ancora più speciale. Ieri nel bosco dietro casa nostra mi sembrava quasi di aver visto un indiano; forse la mia immaginazione si è scatenata? Anche se Michael mi ha detto che tutte queste tribù se ne sono andate nel 1800, quindi non vivono più qui, dubito che qualcuna sia rimasta viva - White Heaven vive in una riserva vicino a dove viveva suo nonno, in quel sito di grotta dove andiamo ora... Ma sfortunatamente Michael non rivelerà dove siamo diretti...

Sarah pensò velocemente tra sé mentre correva giù per le scale: "Ecco che arriva Michael adesso; forse adesso posso tirargli fuori qualcosa."

Michael la aiutò a salire in macchina e chiuse saldamente la portiera.

"Wow! Non vedevo nessuno così carino da molto tempo! Dove hai preso la macchina e la moto?" "No! Non avevo capito che possedevi entrambi.

"Questa macchina appartiene a mio fratello; abbiamo organizzato uno scambio in modo che potesse andare a giocare con i suoi amici sulle moto da cross per la giornata."

"Dove siamo diretti?"
"Dipende. Hai portato il sacco a pelo e le scorte di cibo, potremmo averne bisogno dove stiamo andando." I tuoi genitori stanno bene se facciamo tardi?"

"Ho informato papà che mi avresti lasciato da Mary e siamo a posto. Comunque non mi includi?"

"Non ancora. Dategli un po' di tempo. Siate pazienti; siate pronti per un viaggio emozionante!"

Sarah si guardò intorno con curiosità mentre Michael guidava. Sarah sapeva che non erano lontani, quindi Michael non spiegò dove sarebbero diretti dopo.

"Deve aver guidato per oltre 35 miglia finora, e mi chiedo dove stiamo andando.

"Questa strada non può che portare ad altro deserto", pensò tra sé.

"Michael, siamo su questa strada da circa 45 minuti. Non sembriamo da nessuna parte."

"Come lo sai? Sei stato qui?"

"Beh, no, ma vedo che là fuori ci sono solo erbacce e alberi. Se avessi bisogno del bagno probabilmente è lì che sono andato; altrimenti mi annoierei un po' a viaggiare in questa macchina. Sei sicuro di dove ti trovi?" stai andando o sei già stato qui?"

"Sì, infatti. White Heaven mi ha portato qui una volta per mostrarmi qualcosa di ciò che gli aveva raccontato suo padre.

"Ma dove stiamo andando esattamente? Sono queste le risposte?"

"Bene, quando ero là fuori ho notato un'area che sembrava allo stesso tempo tranquilla e attraente, quindi ho pensato che potesse essere un viaggio interessante. Immagino che non dovrebbe durare troppo a lungo, forse proprio dietro questa curva."

Sarah ha fatto del suo meglio per godersi il panorama poiché il viaggio le rendeva difficile concentrarsi su qualsiasi altra cosa; il suo posto era diventato uno spazio attivo, con Sarah che saltellava qua e là come un bambino eccitato che salta giù da uno scuolabus quando colpisce un dosso, il viso sudato come una pesca acerba e le gambe accartocciate come pali di una tenda piegati nella sua borsa. Ben presto cominciò a chiederselo: cominciò a chiederselo!

"Mamma, quanto durerà questo viaggio?" chiese mia figlia frustrata. Si sentiva estremamente stanca per tutta la corsa e per essere rimasta ferma durante questa corsa - "Il mio naso sanguinante apparirà di nuovo?" si preoccupò ad alta voce.

"Sarah, per favore, astieniti dall'interrompere la mia vacanza con commenti frivoli che potrebbero rovinarmela. Per favore, rimani seduta e stai tranquilla durante questo viaggio - sono stata chiara?"

"Sì, mamma. Perdonami se ti ho fatto arrabbiare..."

"Debbie, per favore mantieni la calma. Se Sarah ci dice che si sente male, allora ci fermeremo per un breve periodo. Hai considerato che forse Sarah ha appena avuto mal d'auto? Forse i suoi sintomi non hanno nemmeno nulla a che fare con la malattia. Per favore, mostra un po' di rispetto per tua figlia; dopo tutto, è tua figlia."

"Chris, perché sei sempre dalla parte di lei? Perché insisti nel dire che ha qualche tipo di malattia? Dio in cielo non perdonerà il tuo inganno - forse dovreste dire le vostre preghiere entrambi."

"Perché Dio dovrebbe permettere questo?" Sarah ha risposto: "Siamo persone normali che vivono vite simili a tutti gli altri e possiamo tutti condividere difetti comuni. Dio sicuramente ha dei piani per tutti noi - forse ce n'è anche uno specificatamente fatto su misura per lei!"

Sarah e Jason iniziarono a litigare. Sarah iniziò rapidamente a schiaffeggiare Jason sul viso con la sua coperta prima di sdraiarsi di nuovo sul sedile per coprirsi la testa, mentre Jason alzò le spalle e colpì Sarah con il piede.

"Guarda cosa hai fatto", rispose Lui.

"Sara, stai bene?" Sarah si allarmò vedendo Michael strattonarla per la manica e la sua risposta immediata: "Oh no..." "Mi dispiace." spiegò rapidamente mentre si separavano. "Scusate, non ne ero a conoscenza."

"Sembra che tu passi la maggior parte del tuo tempo a fantasticare."
Non ho mai conosciuto nessuno che sognasse ad occhi aperti così frequentemente prima di te. Cosa potrebbe passarti per la testa?"

"Oh no. Pensieri privati. Che abbiamo combinato? Non preoccuparti per me, sto bene, adesso andiamo avanti."

"Eccoci qui. Quali sono i tuoi pensieri?"

"Non pensare a niente? Qui non c'è altro che un altopiano e un po' di erbacce."
"Andiamo. Puoi farcela?" Da qui in poi cammineremo." "Vieni; andiamocene da qui: sicuramente non siamo troppo stanchi, vero?"

Hai bisogno di materiale per la scuola? Mettiamoli insieme adesso.

"Ciao Michael. Sono seduto da un'ora ormai. Ho bisogno di fare stretching, ma dove andremo da qui?"

"Amerai il suo esotismo. Non vorrai andartene."

Michael e Sarah fecero le valigie e si diressero verso il bosco con Michael in testa. Sarah seguì Michael da vicino, senza mostrare alcun entusiasmo nel fare un'escursione in questo terreno sconosciuto. Trovava le escursioni nel deserto molto più divertenti.

Purtroppo, però, non tutti coloro che scelgono di impegnarsi riescono a farcela. Quindi eccoci di nuovo qui, a discutere di quella che è conosciuta come "L'arte di non fare nulla"...

CAPITOLO 9

L'alba spuntò dolcemente attraverso il bosco come un gattino che si sveglia. Gli uccelli cantavano canti di gioia e di pace mentre il sole sorgeva sopra gli alberi e illuminava la tenda di Sarah; anche se fuori faceva freddo, il suo calore fece riscaldare Sarah non appena cominciò a svegliarsi. Aprendo la cerniera della tenda, Sarah iniziò a cercare Michael ma lo trovò scomparso mentre camminava per il campo: erano arrivati abbastanza tardi che Sarah non aveva avuto il tempo di cercarlo abbastanza a fondo prima di lasciare casa per il campo.

Sarah guardò sorpresa l'orologio e borbottò tra sé e sé: Almeno mi ha lasciato la colazione e il fuoco - dove poteva essere andato alle 8:30 del mattino?"

Sarah si sistemò vicino al fuoco e cominciò a mangiare le uova e la pancetta di Michael quando udì un suono inaspettato nel cespuglio lì vicino. Sarah si alzò per prendere l'acqua quando sentì qualcosa nella zona vicina che la allarmò ulteriormente.

"Michael! Sei qui? Dove sei stato? Mi è mancato averti vicino quando mi sono svegliato; vieni qui e dammi un bacio!"

Sarah fece un percorso tortuoso attorno alla tenda che le aveva impedito di vedere il rumore.

Al suo ritorno trovò ad attenderla una sorpresa inaspettata.

"AAHHHHHHHHHH!" esclamò sorpresa.

"Non allarmarti. Michael mi ha mandato qui."

Sarah si allontanò dal volto sconosciuto. Non avendo mai visto un indiano prima, Michael l'aveva avvertita di aspettarsene uno prima o poi, ma non così presto e da solo.

"Va bene, aspetterò Michael. Dovrebbe arrivare da un momento all'altro; lo conosco; tornerà a prendermi", rispose Sarah, inciampando in alcuni tronchi che camminavano all'indietro.

"Non allarmarti, questo è l'amico di Michael. Ho promesso di venire a prenderti. Sebbene le tue paure possano aver causato angoscia, questa nota è stata fornita per la tua protezione da Michael stesso: per favore prendila." Tese una busta contenente contanti per il pagamento del debito.

Sarah, voglio farti conoscere White Heaven, la mia amica di cui ti ho parlato. Dato che non potevo partire in tempo per venirti a prendere, mi ha offerto il suo aiuto per farlo lui stesso e ha promesso di non farti del male in alcun modo. Per favore, vieni con lui quando sarà il momento giusto: ti amo moltissimo.

"Va bene, andiamo. Scusa se ho avuto paura; questo è il mio primo incontro con un indiano e solo così presto la mattina è già abbastanza intimidatorio, per non parlare dell'incontro con White Heaven - Michael mi ha parlato di te e ora eccoci qui! Piacere di conoscerti!"

Sara tese la mano, aspettando una risposta. White Heaven lo accettò felicemente con un caloroso sorriso.

"Sì, sono White Heaven. Partiamo adesso; ricordatevi di indossare qualcosa di caldo perché probabilmente in vetta farà fresco."

Dove siamo diretti? Fa caldo qui fuori; forse dovrei lasciare il cappotto."

Sarah si incamminò lungo il sentiero verso il Paradiso Bianco. Nella sua tenda, tornò indietro e prese il cappotto di Sarah, restituendoglielo a White Heaven.

"Farà freddo. Per favore indossa un abbigliamento adeguato."

Il paradiso bianco era lì in attesa che Sarah prendesse il cappotto. Fatto ciò, lui si allontanò velocemente e silenziosamente, lungo uno stretto sentiero; Sarah trovava difficile tenere il passo. Il suo passo accelerò velocemente mentre Sarah cominciava a pensare.

"Cosa può aver occupato Michael così completamente da non prendersi del tempo per venire a prendermi? Perché ci stiamo dirigendo verso le scogliere? Può essere difficile a volte; aspetta solo che lo avrò tra le mani - poi..."

Sarah fu improvvisamente interrotta da White Heaven che la prese da parte.

Sarah, devi esercitare la massima cautela. Le scogliere sono alte e pericolose: un passo falso potrebbe farti precipitare verso la morte! Inoltre, fai attenzione a non disturbare il viaggio di Michael poiché ciò potrebbe rivelarsi dannoso.

"Che viaggio, trance o interazione hai avuto con lui? Non è più d'intralcio; per favore, mostramelo." Sarah rispose spingendo da parte White Heaven e correndo lungo il sentiero verso White Heaven.

Sarah si fermò quando raggiunse il bordo. Attraverso gli alberi poteva vedere Michael seduto in stile indiano su una sporgenza dall'aspetto stalagmitico collegata al bordo da un ponte che formava roccia - a 50 piedi da terra con roccia secca e marrone come le spiagge estive e la terra sottostante che è per lo più brulla tranne che per occasionali macchie d'erba qua e là; il cielo era di una sorprendente tonalità di blu come non aveva mai visto prima Sarah negli ultimi tempi. Sarah era sbalordita; uno spettacolo del genere non le abbelliva la vista da parecchio tempo! Sarah non vedeva tanta bellezza dall'ultima volta; non da abbastanza tempo!

"Cosa stanno facendo?" chiese.

"Cielo Bianco? Cos'è questo posto, e perché Michael si trova su quella roccia?" Alcuni credono che questa sia la sede del Grande Spirito; secondo una ricerca condotta dieci anni fa.

La mia gente si stava rilassando nelle tende dall'altra parte del canyon quando hanno visto una luce brillante apparire nel cielo e scendere sulla terra, atterrando qui. Quando finalmente la mia gente raggiunse questo luogo, tutto ciò che videro furono fumo e luci; più tardi quella notte sentirono dei rumori provenire da questo luogo; più tardi ancora, quando venne il mattino, scoprirono che questo posto era cambiato drasticamente: non c'erano più elementi paesaggistici ma invece si era aperto questo grande buco coperto di cenere sparsa; alcuni dicono che questo abbia creato l'immagine di uno spirito demoniaco ma in realtà ha reso più simili a colombe che volano in giro; da allora vengono qui a pregare."
"È questo che Michael sta facendo?"

"Sì, è un modo indiano di pregare. Ti piacerebbe testimoniarlo?"

"Uhm, non sono uno che prega, ma mi piacerebbe andare là fuori. È sicuro?" Se scegli di andare là fuori, tutti i dubbi e le preoccupazioni devono essere lasciati qui e non portati avanti in quello spazio.

Quando lo spirito rileva le tue ansie, probabilmente non la prenderà di buon occhio. Pertanto, dovresti parlare ed esprimere come ti senti non appena esci di casa; altrimenti potrebbe turbare il loro spirito e portare a risultati inattesi. Quando si siede come fa Michael e resta silenzioso come lui è per rimanere efficace. Inoltre, le scarpe devono essere tolte prima di uscire di casa."

Sarah esitò, ma decise di andare avanti. Confidava in Michael per tenerla al sicuro poiché era scomodo recitare la preghiera.

Per cosa sto pregando? Niente sembra abbastanza importante. Dato che non avevo mai frequentato la chiesa regolarmente prima, la mia esperienza nella preghiera potrebbe essere limitata."

"Di solito le persone escono nella natura per chiedere aiuto allo spirito per qualcosa di importante nella loro vita. Alcuni credono che tu debba restare finché non scende un segno dall'alto."

Sarah si avvicinò con cautela e si sedette accanto a Michael su una sedia in stile indiano, facendo attenzione a non disturbarlo. Come aveva fatto Michael prima di lei, Sarah chiuse gli occhi e allungò entrambe le mani sulle ginocchia, intrecciandole strettamente dietro.

"Caro Dio, anche se non ho niente di specifico da dire in questo momento, White Heaven dice che dovrei pregarti comunque, quindi ecco qui:" Sarah ha offerto silenziosamente la sua preghiera in silenzio prima di riportare la sua attenzione verso White Heaven e spostarla di nuovo in piedi.

Anche se Sarah non era esattamente amica di White Heaven a causa della troppa pressione di sua madre che la spingeva su troppi problemi con lui e il suo spirito era troppo intenso; ma Sarah capì per cosa il Cielo Bianco voleva che pregassero: il fatto che mia madre fosse di nuovo felice l'avrebbe aiutata a spingere troppo mentre accettavo me stesso semplicemente essendo completo invece di impegnarmi così tanto con me...

Bene, per ora dovrebbe bastare - grazie per l'ascolto!" Sarah stava offrendo in silenzio la sua preghiera prima di girare l'angolo verso White Heaven prima di inchinarsi silenziosamente prima di inchinarsi profondamente pronunciando la sua ultima supplica. Sarah si assicurò che nessuno sentisse ciò che Sarah stava chiedendo mentre ha fatto la sua supplica prima di chiudere con un intenso inchino ha espresso il suo ringraziamento ha pregato in silenzio recitando il suo spirito stava ascoltando in silenzio prima infine di pregare in silenzio prima di ringraziare per aver ascoltato con pazienza ascoltando con sufficiente attenzione!

Sarah Lo ringraziò in silenzio quando Lui rispose dando di più e accettando se stessa senza ulteriori suggerimenti, ringraziando facendo preghiere senza voce di ringraziamento riconoscente a Lui, al suo Dio prima di smettere di pregare in silenzio disattivandosi subito dopo aver fatto un altro ringraziamento silenzioso in preghiera, poi ringraziò Dio dopo aver sentito cosa chiedeva una coppia.

Sarah prima di smettere di ringraziare in silenzio e in preghiera. Ringraziare Dio prima di inchinarsi finalmente prima di lasciarlo pregare in silenzio dopo averlo inchinato di nuovo in silenzio prima di pregare in silenzio ringraziando e ringraziando. Sarah poi si voltò verso di lui prima di allontanarsi in silenzio, poi ringraziò Sarah dopo aver ascoltato, sospirò, dopo aver pregato prima di lasciarlo quel giorno prima di ringraziarla per aver ascoltato prima.

Grazie ringraziando. Lo ringrazia per aver ascoltato prima di prestargli attenzione prima di lasciarlo quando Sarah si eccitava. Sarah aveva cominciato a pregare abbastanza tranquillamente a sua volta prima. Grazie come questa volta. Lo ringrazia senza sosta un altro. Sarah come prima di tornare a casa dopo l'altro. Sarah che... Ringrazialo allora..... Ringraziandola Dio dal suo diverso dal solito dietro di lui proprio allora prima di lasciarlo prima di lasciarlo davanti a lei, mai più davanti a lei. Sarah prega in silenzio pregando senza sosta questa volta con gratitudine prima di essere concessa come al solito..............

Sarah ha continuato a pregare di nuovo almeno prima.. Sarah si è offerta con un tentativo ha pregato in silenzio come al solito prima di pregare in silenzio come al solito prima di pregare mentre Sarah ha iniziato prima che glielo permettesse così velocemente prima di pregare permettendoglielo. Ringrazialo in cambio dei saluti prima di pregare mentre prima. Ringrazialo come al solito... poi finalmente ringraziando solo questa preghiera prima. Ringrazialo mentre fa il suo!
Ma non avendo sentito cosa fosse. Ringraziando ha pregato quando ha portato. Ringraziare prima e poi pregare in silenzio. Ringraziando. Grazie pregato prima. Grazie. Grazie anche. Grazie. Grazie ancora in lui pregando prima. Ringraziando. Sara prima. Ringraziando! pregava invece in silenzio prima. pregava in silenzio pregando!... prima di pregare il suo silenzio prima!
Se n'è andato durante un'ultima cosa, più o meno più tardi... Sarah in silenzio con tutti. Ringraziando prima di questa volta...! Ringrazialo (cioè significava ascoltare in silenzio pregando prima! Ringraziando solo lui quando lei aveva pregato prima. Ma anche prima; il ringraziamento è seguito immediatamente e presto... ha pregato.

Ringraziando.....! Per aver ascoltato dopo aver pregato... grazie prima di farlo o. Grazie molto, molto tranquillamente prima di ringraziare prima di aspettare pazientemente ringraziando appena prima di essere così velocemente da qualcuno. - ringraziando. Grazie. Grazie una volta

Sarah teneva un occhio aperto nel tentativo di tenere d'occhio Michael. Si chiese se avesse già visto il suo cartello e iniziò il conto alla rovescia finché una delle colombe promesse da White Heaven volò sopra di loro: Sarah aprì entrambi gli occhi quando ne apparve una sopra di loro!

"Michele, è vero! Ecco il nostro segno. Una colomba volò sopra le nostre teste indicando la nostra partenza."

Michael aprì gli occhi e rivolse a Sarah uno sguardo poco lusinghiero.

"Ora perché mi hai interrotto? Come fai a sapere che mi è stato dato il tuo stesso segno? Forse il mio segno avrebbe potuto essere diverso."

"Oh Michael, per favore perdonami; avevo dimenticato di non parlare e spero che le mie parole non abbiano rovinato la tua preghiera."

No, non l'hai fatto. Ho visto il mio cartello molto tempo fa e da allora ho aspettato pazientemente e riflettuto.

"A cosa stai pensando?" Sorrise consapevolmente mentre rispondeva che avrebbero dovuto visitare invece White Heaven.

"Michael, per cosa hai pregato oggi?"

"Oh, non molto; comunque non svelerò nessun segreto. Comunque ti dirò quello che mi passava per la testa."

Michael le mise un braccio intorno alle spalle e la tirò davanti a sé mentre si facevano strada in fila indiana attraverso il piccolo ponte che li conduceva verso White Heaven.

"Sono lieto che tu abbia offerto la tua preghiera. Lo spirito apprezzerà sicuramente la tua gentilezza. Andiamo adesso."

"Dove dovremmo andare adesso? Questo posto è bellissimo; perché non possiamo restare qui per un po'?"

"Sarah, scegliamo invece White Heaven. Conosce un posto che ameremo."

"Va bene, ma sappi che mi stanco facilmente e mi viene fame subito.

"Sarah, sappiamo della tua malattia; per favore, non lasciare che rovini il nostro viaggio!" Michael si sporse in avanti e appoggiò la fronte contro quella di Sarah.

"Non lo intendevo come un insulto; piuttosto, volevo semplicemente dire che sono una persona nervosa. Cerchiamo di essere reali."

Seguiteli. È sempre più facile.

CAPITOLO 10

(da Sarah) "Hai detto una preghiera oggi?"

"Sì, l'ho fatto. Riesci a crederci? Mai nella mia più sfrenata immaginazione avrei tentato un simile sforzo, ma White Heaven mi ha detto che dovevo.

"Sì, ma te lo ha detto anche tua madre, ma tu non l'hai mai fatto. Perché credi al Paradiso Bianco?"

"Ho trovato la mia esperienza strana ma interessante; sembrava avere un'influenza su di me, proprio come quando abbiamo visitato la sua riserva prima. Sua moglie era meravigliosa; mi sentivo come se fossi su una terra santa o qualcosa del genere. Forse questa esperienza è stata qualcosa di nuovo ed emozionante;

"Beh, sono orgoglioso di te. Hai iniziato a diventare più indipendente. Per certi versi anche di più.

"Michael! Che imbarazzo da parte tua. Non sei abbastanza pervertito da portarmi qui per potermi sedurre?"

"Non intendevo quello che hai sentito come un insulto; piuttosto, significa semplicemente che il tuo livello di maturità ha cominciato ad aumentare.

"Oh no!" Sarah fece un gesto deciso.

"Forse dovrei semplicemente stare zitto prima di fare la figura dello stupido.

"Non preferiresti qualcos'altro invece?" Sarah si chinò e gli diede un piccolo bacio sulle labbra.

Sarah si sdraiò sul sacco a pelo sistemato vicino al fuoco ed esclamò: "Sei assolutamente terribile". E quando Sarah volle esprimere quello che aveva in mente prima, saltò giù dal sacco a pelo davanti al fuoco e raccontò ad alta voce quello che era successo prima.

"Bene, la notte scorsa mentre dormivi non potevo fare a meno di pensare a quanto eri bella; il tuo viso brillava alla luce del fuoco e i tuoi riccioli scintillavano alla luce delle stelle. Quindi volevo solo..."

"Smettiamola di parlare e baciamomi invece.

Michael si allungò e baciò Sarah mentre giaceva accanto a lei, osservando il suo viso illuminarsi dalla luce del fuoco e i suoi occhi brillare. Sarah poteva dire cosa stava pensando Michael; se permettergli di continuare in questo modo o fermarlo del tutto; era quello giusto per lei?

"Stai lì con la bocca chiusa," le sussurrò la sua voce interiore.

Baciò il collo di Sarah mentre le sbottonava la camicetta contemporaneamente, Sarah si sdraiò e si godette il bacio prima di aiutare Michael a togliersi giacca e camicetta insieme. Sarah ha tolto Michael dalla maglietta rivelando un petto impressionante pieno di tessuto simile a un palloncino; qualcosa che non aveva mai visto in lui prima di questo incontro; nessun segno di grasso nel suo corpo rispetto a quello che Sarah sapeva essere disponibile attraverso gli allenamenti; Sarah continuava a chiedersi se quello che stava facendo fosse giusto oppure no.

Michael continuò a baciare Sarah sul collo prima di abbassarsi verso il suo petto. Sganciando il fermaglio del reggiseno, Sarah si ritrovò a tremare; qualcosa non era mai stato così strano prima! Eppure, Michael significava così tanto per lei e se non si fossero messi alla prova adesso lei avrebbe potuto perderlo di nuovo a causa di Betsy; i loro pensieri iniziarono a mettere in discussione le loro azioni prima che Michael iniziasse ad accarezzare il seno di Sarah diverse volte prima che Sarah lo fermasse.

"Michael, non sono sicuro che questo sia quello che voglio. All'inizio lo pensavo, ma ora sono incerto. Non voglio impegnarmi in alcun modo, quindi per favore capisci."

"Sei nuovo?" "SÌ."

Sarah fu sopraffatta dalle lacrime mentre le sue labbra tremavano, voleva alzare la mano per colpire Michael ma Michael intervenne per impedire che questa azione avesse luogo.

"Mi scuso se le mie parole sono sembrate insensibili. Volevo solo dirvi che questa è anche la mia prima esperienza e che possiamo affrontarla insieme. Poiché nessun'altra persona condivide con me le mie emozioni più intime, possiamo aspettare finché necessario finché entrambe le parti non si sentiranno pronte. Anche se...."

"Tuttavia, cosa succede se non sono mai pronto? O non sono più disponibile? Queste sono le domande che ho considerato quando ho parlato con Michael della nostra potenziale partnership; eppure mi lasciano così confuso in questo momento."

"Di cosa stiamo discutendo esattamente qui? Tutto quello che è successo finora è che tu sei seduto mezzo nudo davanti a me, senza paura, quindi qual è esattamente il problema qui?" Rimarrò cortese per tutto il tempo.

Sarah notò che non aveva nulla che le coprisse il seno.

"Hai assolutamente ragione. Tutto quello che desidero per il nostro anniversario è qualcosa di veramente memorabile.

"Cosa potrebbe rendere più speciale questa occasione così importante? Eravamo soli per chilometri intorno, seduti sotto un cielo limpido e stellato accanto a un accogliente falò sotto una distesa di stelle nere; con tutta la notte davanti a noi; mi sono ritrovato a fissarne uno delle creazioni più straordinarie di Dio: il mio futuro compagno di vita!"

Sarah sentì il suo cuore battere forte mentre le sue emozioni cominciavano a sopraffarla. Michael parlò a bassa voce ma il messaggio nei suoi occhi fece capire a Sarah esattamente cosa doveva dire dopo.

"Michael, mi sento incerto. Voglio passare la mia vita con te, ma so che questo potrebbe rovinare tutto ciò che abbiamo insieme. Non voglio che ciò accada e non voglio nemmeno aspettare; ha senso?"

Michael le prese la mano e la attirò a sé, sentendo il suo corpo delicato contro il suo. La baciò ancora una volta.

"Sarah, ha tutto il senso del mondo."

Capitolo 11- L'ultima notte a Brooklyn

"Ho notato quanto sei stato tranquillo ultimamente; tu e Mary avete avuto qualche disaccordo questo fine settimana? A volte mi preoccupo per te."

"Posso farti una domanda, papà?"

Chris ha risposto con esitazione e ha chiesto allo studente quale argomento stessero chiedendo, Mary o Michael. Chris ha ammesso che avrebbe potuto rispondere in entrambi i casi, ma ha preferito Mary.

Perché hai smesso di andare in chiesa con la mamma?"

Chris espirò, traendo sollievo.

"Bene, ragazzo, sinceramente non posso rispondere a questa domanda; il mio lavoro continua a distrarmi. Anche se condividevo l'opinione di tua madre su Dio e sulla fede, ultimamente sembra che manchi qualcosa e non riesco a spiegarlo. Perché me lo chiedi? Non vai in chiesa da un po' di tempo; ti senti in conflitto adesso?"

"Non lo so, ma mi stavo chiedendo qualcosa che hai detto anni fa alla mamma riguardo al fatto che ho uno scopo nel piano di Dio. Ci credi ancora?"

Si dolcezza. Anche se non frequento la chiesa regolarmente, credo comunque in Dio e nel Suo piano per tutte le Sue creazioni, te compreso."

"Qual è il nostro scopo?" Questo è qualcosa che ognuno di noi deve decidere da solo. Il mio scopo nella vita era coinvolgerti e il tuo è stato dare un esempio da seguire a tutti; e so che non è sempre stato facile per te.

Tuttavia, è necessario concederle un po' di spazio. Non tagliarla fuori; Anche Dio ha uno scopo importante per lei. Continua a combattere; alla fine si risolverà da solo."

Sarah ha tentato di comprendere ciò che diceva suo padre; nutriva un immenso rancore nei confronti di sua madre, ma continuava a trovarsi in un vicolo cieco quando cercava di raggiungere e riconciliarsi.

"Papà, e se non avessi mai più la possibilità di sistemare le cose con la mamma? E se succedesse qualcosa di tragico prima che ne abbiamo la possibilità?" Mi addolora così tanto vederla ferita così gravemente e temo di essere la fonte di tutte le sue preoccupazioni. Perché si rifiuta di credere che sto morendo?"

Le lacrime scorrevano lungo il viso di suo padre.

"Sarah, non capisco perché l'altra vostra crede in questo modo. Adesso è il momento della riconciliazione tra voi due; ogni ulteriore animosità potrebbe danneggiare i futuri progetti matrimoniali..."

Sarah si è scagliata contro suo padre. "Di cosa stai parlando, papà?" sbottò Sarah. "Michael e io non abbiamo discusso di sposarci - le cose non sono ancora diventate serie!"

"Sarah, sono stato testimone della tua crescita nel tempo. Ti ho visto attraverso la felicità e la tristezza allo stesso modo; inoltre, posso percepire qualcosa di speciale quando Michael si avvicina; per me va bene; il tesoro approva."

Sarah cominciò a singhiozzare. John la avvolse strettamente con le braccia e la tenne stretta.

"Non voglio perderti mai, papà."

"No, per niente!"
Voleva dirgli la verità, ma era preoccupata di cosa avrebbe pensato la mamma se avesse scoperto di aver visto Michael negli ultimi due giorni...

Chris ha iniziato a singhiozzare mentre sua figlia condivideva un momento intimo con lui. Dovrebbe sentirsi triste o felice?

"Sarah, per favore, ricorda che questa conversazione rimarrà tra noi; tua madre non lo scoprirà mai. Tutto quello che ti chiedo è di essere vigile. Non fare nulla di stupido. Il tuo benessere è la mia preoccupazione."

Chris ricambiò il sorriso e guardò la sua bambina negli occhi prima di voltarsi per montare la sua tenda. "Grazie papà, devo montare la tenda."

Sfortunatamente, molte persone semplicemente non si assumono abbastanza responsabilità quando si tratta di prendersi cura di se stesse e della propria salute. Da qui la necessità di programmi sanitari efficaci come NHS England.
24 marzo

Ho appena trascorso un fine settimana fantastico. Non crederai dove e con chi l'ho passato! No, non solo Michael... Nessuno sapeva del nostro fine settimana insieme finché Michael non mi portò a visitare White Heaven con il suo amico White Heaven dove c'erano indiani, perline e mistero; qualcosa in quel posto mi ha incuriosito. Papà sa del nostro fine settimana insieme - è stato molto comprensivo - mentre la mamma diventava semplicemente indurita e fredda; tendere la mano non farebbe altro che peggiorare; a volte vorrei semplicemente sfogare tutta la mia frustrazione...

"Sarah, per favore monta subito questa tenda. Comunque perché è qui fuori? Ricordi quando ti ho detto di non prestare le cose? La mia casa deve rimanere immacolata; aiutiamo tutti insieme a mantenerla immacolata - alzati e aiutami a pulire questo posto lassù - ieri avrebbe dovuto essere molto più breve!"

"Mamma, per favore accetta le mie più sincere scuse per il mio atto imprudente di farti impazzire oggi. Non succederà più!"

Sarah aveva intenzione di parlare apertamente, ma all'ultimo momento ha cambiato idea. Invece pensò: 'Come posso aiutare qualcuno che sta soffrendo? Forse non vuole il mio aiuto."

Sarah si chiese ad alta voce: dove era andata Mary ieri ed era venuta a cercare Sarah intorno alle 4:00. pensò Sarah. Anche se Mary si è fermata qui cercando Sarah, non ha visto nessuno.

"Ebbene, ho deciso di entrare nella grotta per un breve periodo.

"Sei rimasto fuori troppo tardi. Per favore, resta a casa di più; ho bisogno del tuo aiuto con l'arrivo dell'estate."

"Mamma, quest'estate è la mia ultima estate a casa: non puoi lasciarmi avere un po' di indipendenza e libertà?"

"Cosa intendi con l'estate scorsa a casa?"
Devi avere dei progetti che non hai condiviso sia con tuo padre che con me; forse ora sarebbe il momento opportuno per avviare conversazioni tra di noi? Propongo di iniziare a parlare."

"Mamma, compirò 18 anni tra due settimane. Penso che forse sarebbe saggio per me cercare un appartamento nei quartieri alti."

"Questo è fuori questione; ho bisogno del tuo aiuto per gestire questa casa e il giardino. Non posso permettere che tu scappi e diventi una Jezebel."

Sarah si allungò e colpì forte sua madre in faccia prima di scoppiare in lacrime. "Amo Michael. Per 17 anni ho vissuto la mia vita per te."

Mai una volta hai fatto alcuno sforzo per esprimere quanto intendo per te o mostrare quanto mi apprezzi.

Come osi chiamarmi Jezebel quando tu stesso non hai vissuto una vita idealizzata? Non giudicare tu stesso le mie scelte quando non sono state perfette."

"Non lasciarmi, Sarah; non andartene!" era il comando di sua madre.

Capisci?" "Questa è casa mia. Per favore, smettila di trattarmi in questo modo o di parlarmi in questo modo. Mi capisci?"

"Fai agli altri..." Sarah si voltò e cominciò ad allontanarsi mentre Debbie rimase lì a leggere ciò che Sarah le aveva detto.

CAPITOLO 12: CREDENTI

"Oggi ti unirai a me in paradiso..."

Debbie non poté fare a meno di ripensare a ciò che Gesù aveva detto al suo pubblico mentre ascoltava le parole di questo sermone e vedeva quanto fossero simili alla morte di sua figlia.

"No, non paragonerò mia figlia a Nostro Signore; sarebbe un sacrilegio." Debbie pensò ad alta voce.

Cosa ha fatto sentire Debbie in modo diverso questa Pasqua? In qualche modo, qualcosa era cambiato per lei; lo ha definito "preso dal momento".

Durante il viaggio di ritorno a casa per la cena di Pasqua, Sarah notò sua madre che sussurrava qualcosa sulla blasfemia. Debbie spiegò che stava solo pregando e che la questione non la preoccupava.

"Sarah, non sono sicuro se unirmi a te o meno per cena stasera. Questo dovrebbe essere un momento solo per te e la tua famiglia per legare."

"È ridicolo, Michael. Per quanto mi riguarda, tu fai parte della mia famiglia; alla mamma non importa."

"No. Sarah pensava che mi sarei arrabbiato anche solo per avermelo chiesto.

"Perché era d'accordo?" si chiese Sarah.

"Grazie mamma."
Debbie si voltò e sorrise.

Sarah si ritrovò sconcertata: sua madre non aveva mai mostrato gesti così gentili nei suoi confronti in tutti gli anni che Sarah poteva ricordare.

Si chiese ad alta voce: "Chissà cosa ha in serbo?"

Avevano trascorso un pomeriggio piacevole cenando e crogiolandosi al sole. "Sara, stai bene stasera?" "NO."

"Sì, papà, sono solo confuso. Hai visto come la mamma mi ha trattato tutto il giorno oggi? Non capisco le sue azioni."

"L'ho notato. Avete parlato?"

"No, abbiamo litigato un paio di settimane fa ed è questo che crea tanta confusione. Pensi che abbia qualcosa a che fare con il mio compleanno?"

Nessuno sembra troppo ansioso di farti maturare; forse perché la Pasqua è vicina.

"Io e Michael andiamo a fare una passeggiata adesso; torneremo presto!"

Chris li guardò mentre se ne andavano, chiedendosi perché sua moglie sembrasse angosciata. Chris trovava impossibile comprendere cosa la preoccupasse così tanto.

"Debbie, posso avere la tua attenzione solo per un secondo?" "Sì Chris; cosa sta succedendo qui?"

"Ciao! Ti senti bene oggi? Qualcosa sembra strano, forse è dovuto al fatto che il nostro bambino compie 18 anni oggi?"

"No. Sento solo stanchezza."

"Sei sicuro? Non mi sembra noioso. Forse dovremmo..."

"HELLLLLLLLLLLPPPPPPPPPPPPPPPPPPP! Sarah!" esclamò all'improvviso.

Nessuno sembra sicuro che stia respirando.

"Oh no! Jason ha bisogno di assistenza urgente immediatamente!"

Chris e Michael iniziarono controllando il suo respiro. Michael poi le sbottonò la camicetta.

Michael dovrebbe fare un passo indietro; lei è MIA figlia e non dovrebbe essere laggiù da sola."

Debbie aiutò ad allentare la camicetta di Debbie. Michael indietreggiò rapidamente, mentre arrivò rapidamente un'ambulanza; avevano appena completato una chiamata di emergenza in fondo alla strada.

"Cosa è successo qui, qualcuno può fornire informazioni?" chiese l'EMT.

"È svenuta mentre stavamo camminando e discutendo di ciò che era accaduto durante la giornata. Sfortunatamente..."

Debbie annunciò quando Sarah cominciò a svegliarsi: "Ha la leucemia".

Sarah aprì gli occhi e vide che sua madre era in piedi davanti a lei e parlava. Sarah udì ciò che veniva detto e sentì il suo sguardo su di lei dall'altra parte della stanza.

"Mi sento molto meglio ora", assicurò Sarah alla madre, prima di aggiungere: "Mi scuso per l'inconveniente causato, perché mi sento piuttosto sopraffatta dagli eventi di oggi. Forse dovrei andare a sdraiarmi, Michael? Mi aiuterai?"

"Forse dovremmo comunque controllarla." Un EMT ha esaminato Sarah e ha scoperto che stava bene, anche se aveva bisogno di riposo. Vieni con me, Sara; Ti aiuterò a trasportarti.

"No Michael. Aiuterò mia figlia a entrare nella sua stanza." "Va bene. Ci vediamo domani, assicurati di riposarti abbastanza! Ti amo."

Michael si chinò per un bacio.

"So di essere in buone mani ora. Grazie anche a te.

CAPITOLO 13

"Michael, voglio tornare indietro. O mi accompagni tu o lo farò io." È successo qualcosa tra me e mia madre di cui devo occuparmi. In più ho bisogno di vedere ancora una volta White Heaven."

"Sarah, non credo che tu sia pronta per un altro viaggio a questo punto. Ascoltando quello che aveva da dire il dottore ho chiarito molto bene il mio punto; ogni precauzione potrebbe rivelarsi pericolosa."

"Me ne vado comunque, con o senza di te. Per favore, dammi le tue chiavi."

"No, non posso permetterti di occuparti di mio fratello senza di me. Potrebbe provocare la sua morte."

Sarah iniziò a interrogarsi su Michael e la sua famiglia. Sarah partì e cominciò a fare domande.

"Michael, perché non parli mai della tua famiglia? Mi piacerebbe incontrarli un giorno; perché non li abbiamo ancora visti dopo tre mesi?"

"Cosa puoi dire, adesso? Lo sai che ti amo. Cos'altro posso dire?"

"Dimostralo," suggerì Sarah, "e mostrami entrambi i tuoi genitori." Con mio grande dispiacere, questa non era una situazione così semplice; mia madre è morta diversi mesi fa e ora la mia vita ruota principalmente attorno alla convivenza con mio padre.

Anche mia madre soffriva di cancro al colon, quindi anche questa volta non è stato facile a casa nostra. Se necessario potremmo incontrarci la prossima settimana."

"Sono riluttante ad andare se sembra che tu non mi voglia lì; è chiaro che ti vergogni di me.

"Questo è semplicemente falso; mi piacerebbe davvero che tu incontrassi mio padre e vedessi chi occupa così tanto del mio tempo. Per favore, vieni; apprezzerebbe incontrare la donna con cui passo così tanto del mio tempo."

"Tutto è pronto: ci vediamo a cena la prossima settimana. Adesso possiamo accelerare un po' i tempi?"

Le ultime settimane sono state fantastiche; Michael ha trascorso molto tempo con me. Non capisco perché avesse paura di vedere suo padre; suo padre era una persona straordinaria, dolce e gentile; ci diplomeremo in soli due giorni! Non vedo l'ora che arrivi quel giorno. Michael deve avere in mente qualcosa di straordinario; Non vedo l'ora di scoprirlo. Stasera siamo diretti alla grotta, che è diventata la mia seconda casa; Michael e io abbiamo persino iniziato ad andare in chiesa insieme ogni domenica: sembra quasi un miracolo che tutto sia andato a posto così in fretta. La mamma è stata fantastica con me e andiamo molto d'accordo, e tra altri due giorni ci separeremo per sempre - i nostri diari erano comunque pensati solo per i bambini. White Heaven sembra molto soddisfatto di me; La vita indiana mi ha insegnato molto e potrebbe curare i miei sintomi. Michael insiste che anche la religione di mamma fa lo stesso, quindi non so da che parte girarmi. Comunque devo scappare, Michael sta aspettando. A presto

CAPITOLO 14

Non ti sbrigherai? Dieci minuti fa ho suonato il clacson. Ci metti così tanto tempo a prepararti: a cosa servono esattamente quei brutti pezzi?"

"Questo progetto riguarda la grotta. Dobbiamo aggiungere alcuni elementi decorativi per riportare vita e carattere in questo spazio nascosto.

"Chi sono loro per dire che deve cambiare? A me piace così com'è, dopo tutto sta morendo e ha bisogno di cure per sopravvivere lassù."

"Dovrò venire ogni giorno e prendermi cura di entrambi, dato che questa cosa ha solo bisogno di un po' di cure amorevoli e tornerà alla normalità abbastanza presto.

"Sì, sembra ragionevole. Cosa ha consigliato il medico?"

"Mi ha detto che il mio conteggio era leggermente diminuito, ma questo non è sufficiente per riportare il cancro in remissione.

Sarah scese dalla macchina e si diresse verso il lettino nella grotta.

"Questo è il posto ideale per il fiore."

Perché l'hanno fatto? La pianta non ha bisogno della luce del sole?" rispose lei. "Aspetterò qui fino all'arrivo di Maria."

Sarah lasciò la grotta. Michael semplicemente alzò le spalle e lo seguì.

"Penso che tu stia sprecando il tuo tempo occupandoti di una pianta insostenibile."

Grazie mille, apprezzo davvero quello che hai detto e spero che tu abbia sentito quello che ho appena detto. Pensi che stai solo sprecando il mio tempo con me? Bene, lascia che te lo dica: solo poche settimane fa ero uno che dubitava di tutto: mi hai aiutato a dimostrarmi il contrario."

Cambia la mia vita? Perchè dubiti di me?"

Michael accese la radio e accese il falò prima di invitare Sarah a ballare un po' - alla fine trascorsero un'ora piacevole ballando insieme balli lenti.

"Michael, sei sicuro di aver dato a Mary le indicazioni corrette?" Maria gli sorrise dolcemente prima di allontanarsi sorridendo di felicità verso cose nuove e più grandi. Michael guardò di nuovo Mary prima di dare loro le indicazioni per tornare a casa.

Ha continuato a ballare per un po'.

"Pronto? Chi sono quelli giù nel canyon? Potrebbero essere Mary e Larry?" No. Non sono loro, sembrano più bracconieri."

Per favore, spegni il fuoco e la musica finché non se ne vanno, perché non voglio che ci vedano qui. Percorrerò un breve tratto della strada per incontrare Larry mentre tu rimarrai qui nella tua caverna."

"Michael? Mi sento molto spaventato. Posso venire con te per lasciare in pace questa zona?" "Ciao Michael, puoi venire con me? Per favore?"

"No. Quello che volevo dire era andare nella grotta dove dovrebbe esserci pace; finché tutto resterà tranquillo se ne andranno da soli."

"Cosa stanno cercando?"

"Quassù? Ci sono solo rocce o forse qualche minerale; dubito che qualcuno possa trovare qualcosa di utile qui."

Sarah entrò nella grotta, accendendo una lanterna che aveva posizionato vicino a un angolo oscuro in modo da non essere vista dall'esterno, o almeno così pensava. Michael tornò più tardi e ordinò a Sarah di spegnerlo poiché poteva essere visto dall'esterno dal suo veicolo sulla strada; e così la sua mente cominciò a vagare.

"Sarah, vieni a sederti accanto a me. Farò molta attenzione a proteggerti." "Chi altro mi proteggerà?" "Papà?"

"Credo in Dio; dopo tutto, Lui fa tutto il resto." Inoltre, una tempesta elettrica non durerà per sempre e le luci prima o poi si riaccenderanno.

Sarah si riscosse improvvisamente dal suo sogno ad occhi aperti.

"Chiunque esso sia, abbiamo bisogno della tua protezione! Per favore, tienici al sicuro." Ha espresso i suoi pensieri ad alta voce.

Sarah sentiva che questa preghiera non era sufficiente poiché si trovava in terra indiana; perciò si sentiva obbligata a pregare anche il Dio del Cielo Bianco.

"Dio degli indiani e Grande Spirito, benedici questa grotta e garantisci la nostra sicurezza!"

"TENGO SEMPRE I MIEI FIGLI AL SICURO." Sarah pensò di aver sentito una voce forte pronunciare questa frase.

Chi l'ha detto?" e "Dimostra chi sei".

Aspettò pazientemente una risposta prima di guardarsi intorno per trovare qualcosa di sicuro a cui aggrapparsi - e si ritrovò ad aggrapparsi a una pianta in vaso da casa, qualcosa di familiare che le era sempre sembrata sicura. Ma quando lo prese rimase stupita nel vedere che era sbocciato in un fiore incredibile con foglie vibranti non più appassite dalle intemperie o dal tempo, sbocciato perfettamente con ogni petalo perfettamente allineato.

Sarah tentò di scappare quando i cristalli iniziarono a brillare, ma invece cadde in ginocchio mentre emanavano un'aura di tranquillità che la sopraffece.

"Chi sei e perché vuoi qualcosa da me? Quando Michael e gli altri lo sentiranno, rimarranno tutti sbalorditi", chiese ad alta voce.

Si sentì terrorizzata quando i cristalli iniziarono a brillare intorno a lei e all'improvviso lampeggiarono di luce, mettendola ancora una volta a disagio.

- gridò Sarah. "Non andare via! Non lo dirò a meno che tu non lo voglia."

Sarah sentì ritornare la pace mentre i cristalli tornavano alla massima luminosità e qualcuno appariva dall'interno dell'edificio. "C'è qualcuno qui?" si chiese Sarah ad alta voce.

Qualcuno gridò dall'esterno della grotta, facendo vacillare Sarah nell'incertezza sulla sua risposta. Sarah sentiva che sarebbe stato più saggio per lei uscire e difendere la grotta, oltre ad entrare per scoprire chi l'aveva invasa.

CAPITOLO 15

Sarah era immersa nel suo materiale di lettura alla Biblioteca pubblica di Clearmont. Aveva tirato fuori ogni libro relativo a miracoli, fenomeni paranormali, avvistamenti UFO e ogni altra possibile spiegazione per quanto accaduto nella grotta. Sarah era determinata a scoprire la verità sui suoi misteri.

Sarah non si accorse che sua madre entrava nella sua stanza; era troppo immersa nella lettura per accorgersi che qualcuno era entrato.

"Sara, mi hai sentito?" Sua madre le diede una leggera spinta sul braccio.

"Ciao mamma! Voglio solo rimettermi in pari con la lettura, perché me lo chiedi?" "Da quando ti interessano gli UFO?"

"Stavo semplicemente leggendo di avvenimenti strani, niente di più," cercò di interpretare Sarah. Non voleva che la conversazione con sua madre continuasse;

"Sarah, questa è solo spazzatura. Per favore, smettila di riempirti la testa con queste stronzate inutili." "Mamma, te l'avevo detto che era solo per divertimento e niente di più."

"Va bene, come vuoi. Solo, non fare tardi per la cena."

Debbie lasciò la stanza di Sarah con una strana espressione sul viso mentre Sarah continuava a leggere tranquillamente annotando gli appunti che aveva preso durante la lettura; fortunatamente sua madre non li aveva visti. Poco dopo, Debbie tornò e mise un libro sul comodino di Sarah, apparentemente con una certa intenzione.

"Se vuoi leggere dei miracoli, questo libro è un'ottima fonte", consigliò Debbie mentre lasciava la stanza.

Sarah prese il libro e ne lesse la copertina: LA SACRA BIBBIA. Aprendosi dove prima c'era il segnalibro, iniziò a leggere.

"... e subito la sua lebbra fu purificata. Sarah lesse ad alta voce questo testo."

Matteo 8:4.
Sarah si incuriosì. Iniziò a ripensare a tutto ciò che sua madre le aveva detto quando era piccola; non fu mai fatta menzione dei miracoli o delle guarigioni come parte della vita, sebbene Sarah sapesse che tali eventi accadevano, ma sua madre non fece mai

menzione di tali questioni. Questa rivelazione suscitò grande stupore; Sarah non sapeva dove si collocasse tutto ciò o perché nessuno le avesse mai detto di più su ciò che stava accadendo oltre al semplice fatto di sapere che stavano avvenendo miracoli senza averne mai sentito parlare direttamente da nessuno prima di questo momento!

Si ritrovò perplessa sul motivo per cui la giovane donna improvvisamente sembrava interessata alla guarigione quando non credeva di avere la leucemia.

Sarah trascorse il resto della serata leggendo miracoli e guarigioni attraverso i libri che possedeva e la Bibbia che le aveva dato sua madre.

Oggi è il grande giorno e mi sento nervoso. Non so cosa Michael abbia in mente per noi e non riesco a capire dove stiamo andando; Mary lo sa ma non lo dice. Ieri sera ho letto dei libri interessanti. Sapevi che esistono persone vere là fuori che sono state guarite attraverso miracoli o magia? Ad esempio, in un vecchio giornale ho letto di Dale Sander che aveva il cancro ma che era miracolosamente guarito grazie a una sorta di trattamento miracoloso. Cercarono di sostenere che mio padre fosse stato guarito da uno stregone o qualcosa del genere, poi scomparve nel deserto, per non essere mai più rivisto; anche il suo medico cercò in lui eventuali segni di malattia; tutto molto preoccupante, poiché niente di tutto questo mi ha detto cosa è realmente accaduto quella notte o se sono presenti spiriti che potrebbero spiegare qualcosa di più. Bene, è ora di prepararsi per la laurea! Ci vediamo.

Sarah, Michael e le loro famiglie sono partiti per la laurea con l'auto di famiglia dopo aver convinto suo padre a lasciarli usare per feste ed eventi legati alla laurea. Anche se il viaggio sembrava lungo, in realtà ci sono voluti solo 10 minuti. Una volta alla laurea, Sarah ha salutato entrambi i genitori con un bacio prima di trovare Michael.

"Sarah... Sarah..." Si voltò, sperando che potesse essere Michael.

"Non mi riconosci, Larry?"
No. Sono solo io, Larry; Stavo cercando Michael ma non siamo riusciti a connetterci."

"No! Dovevamo incontrarci qui ma non riesco a trovarlo! Adesso è quasi ora di metterci in fila - come faccio a farcela senza di lui?! Se continua così ancora fallirò miseramente!" Sarah esclamò in preda al panico.

"Sarah, è importante che tu rimanga calma. Lei non stava più ascoltando e cominciò a permettere ai suoi pensieri di vagare."

"Papà, quando arriveremo lì? Cosa vedremo prima? Come sarà il nostro albergo? Quando potremo fare il bagno in piscina?" e "Quanti soldi posso spendere?" sono tutte preoccupazioni comuni tra i bambini che viaggiano da soli in vacanza.

"Sarah, rilassati. Non farti battere forte il cuore finché non raggiungiamo la nostra destinazione. Aspetta e vedrai. Puoi darmi la mappa?" Chris si voltò per ispezionare il sedile posteriore prima di continuare la conversazione.

"SARA!" Frenò bruscamente.

Sarah aveva iniziato ad ansimare e a diventare blu, quando Jason la colpì sulla schiena come se stesse soffocando, con il sangue che le usciva dal naso. Chris scese dalla macchina e andò alla porta prima di aprirla.

"Fuori, ragazzi! Fatemi entrare! Trovatele qualcosa in cui respirare... Non state lì, fatelo!"

Sarah aveva rapidamente ripreso la calma; tuttavia, si sentiva mortificata nel confrontarsi con il suo amico e spiegarsi mentre tutti scoprivano attraverso di lui che Sarah era strana. Come avrebbero potuto accettare questa notizia da lui e tornare nella loro cerchia come amici quando il loro amico glielo aveva rivelato?

"HAHA..." I due ragazzi risero mentre salivano in macchina.

"Jason! Billy! Per favore, cerca di capire che non è una cosa da ridere; ha avuto un attacco di panico ed è inappropriato da parte di entrambi prenderla in giro in qualsiasi modo. Per favore, scusatevi immediatamente!"
Sarah sorrise ironicamente mentre suo fratello si scusava. Sapeva che probabilmente avrebbe riso di lei davanti ai suoi amici; allora chi la difenderebbe?

"Sarah, Michael è qui. Andiamo a trovarlo. Ti senti bene?" "Oh sì. Andiamo a trovarlo."

Correvano verso la laurea.

"Michael, è bellissimo. Come hai potuto farlo e quando hai avuto tempo? Desideri che qualcuna di queste informazioni venga condivisa?"

"Ho deciso che era giunto il momento per noi di andare avanti nella vita e lasciare che questo capitolo finisse, come parte del nostro ultimo anno di scuola superiore. Quale modo migliore che condividere i nostri ricordi con coloro che possono trarne beneficio?"

"È un ragazzo così bello. Sarah, hai un tale angelo qui - cosa darei per uno del genere!" Mary commentò mentre ascoltava la loro conversazione.

"Angelo?" esclamò improvvisamente Sarah, notando la sua reazione improvvisa.

"Non ci hai pensato?" chiese Michael incuriosito.

"Nessun problema. Non essenziale."

Sarah si avvicinò lentamente alla grotta, come se fosse incerta. Una volta lì, vi sbirciò senza avvicinarsi ulteriormente e rimase immobile, riluttante a parlare o muoversi, come se quello spazio fosse ormai sacro.

"Un'ultima volta prima che sia ora che tu te ne vada." Gli occhi di Sarah si spalancano drammaticamente in anticipazione.

"Chi ha detto questo?" pensò tra sé.

All'improvviso si sentì terrorizzata e si voltò rapidamente per andarsene, cercando di allontanarsi dalla grotta. Michael era dietro di lei.

"Hai... hai... hai... detto questo?"

"Chi altro potrebbe dirlo, tesoro? Perché balbetti, stai bene, hai visto qualche fantasma?"

"Non è successo niente di grave, sono rimasto semplicemente sorpreso." Torniamo al nostro gruppo."

"Entriamo insieme nella grotta un'ultima volta. Sembra che tu passi più tempo lì senza di me di prima."

"Ho sete; prima prendiamoci un ponce."

Michael le prese la mano e la trascinò nella grotta, quasi colpendola sulla testa mentre entravano. Le mani di Sarah iniziarono a tremare violentemente; la sua carnagione divenne di una dozzina di sfumature di bianco.

Ti senti nervoso per qualcosa qui?" Ho percepito immediatamente il tuo nervosismo non appena ti ho salutato, sapendo benissimo quale pensavi fosse la mia intenzione qui..."

"Esatto; pensavo che avresti fatto..." rispose in fretta Sarah.

"Per favore rilassati. Tutto quello che volevo era intravedere quanto sei bella sotto quei cristalli scintillanti.

Stasera sei così straordinariamente adorabile.

"Hai notato anche tu i cristalli luminosi?"

"Questa è stata una delle cose che mi ha attratto di questo posto." "Siamo gli unici in grado di vederli?"

"Sarah, non essere ridicola: se noi possiamo vederli, perché nessun altro può farlo?" "Oh cielo. Forse la mia affermazione era sbagliata o sciocca; ciò implicherebbe che fossimo in qualche modo speciali o unici." "Ebbene sì, questo ci farebbe sembrare speciali o unici, non è vero?" "Sì, è stato sciocco da parte mia e forse pensarlo sarebbe come credere che siamo speciali o unici in qualche modo." "Sì, suppongo che sia stato sciocco da parte mia; ciò suggerirebbe che siamo superiori in un modo o nell'altro. Ciò implicherebbe credere che siamo diversi rispetto a tutti gli altri!" "Sì, penso che fosse sciocco perché implicherebbe che fossimo superiori o speciali in un modo o nell'altro; pensare così significherebbe pensare che siamo speciali o separati da chiunque altro o speciali in qualche modo; ciò implicherebbe che non lo siamo! " "Sì, è stato sciocco da parte mia - ciò implicherebbe pensare che siamo speciali o diversi dalle altre persone o diversi da tutti gli altri mentre in realtà siamo semplicemente trattati in modo diverso!" Sarah ha risposto con la sua solita incredulità: questo implicherebbe che siamo stati trattati diversamente semplicemente perché pensavamo che non lo fossero? Beh, ciò suggerirebbe qualcosa come pensare che fossimo speciali o in qualche modo speciali!" Sì, ciò implicherebbe che lo fossimo. Allo stesso modo per qualcuno speciale o diverso da - ciò significherebbe pensare come speciale! Ciò implicherebbe pensare come speciale quando in realtà ciò implicherebbe che noi non lo erano!" Sì, suppongo che fosse sciocco rispetto al sentirsi speciale o speciale "Sì, questo... significherebbe pensare."! SÌ; Sembra sciocco ma ha pensato "Sì, immagino che questo significasse semplicemente essere speciali in quanto speciali, o speciali o qualcosa del genere!" Sì "sì, immagino che potrebbe! che fossimo in qualche modo speciali o speciali

"Noi siamo."

Michael si allungò e baciò Sarah prima di prenderla tra le sue braccia mentre guardavano i cristalli luminosi. Si tenevano vicini mentre osservavano queste magnifiche gemme di luce.

"Che cosa succede?" Larry rispose, indicando qualcosa di bello davanti a loro...."

"Muri? Ciò che non vedo bello sono le file di pareti di caverne spoglie. Forse la tua vista ha bisogno di essere controllata." rispose Larry uscendo.

Michael e Sarah si scambiarono sguardi confusi.

"Mi sento pronto a parlare con Michael adesso.

CAPITOLO 16

"Questo è tutto, e ora non so cosa pensare. Capisci perché non te l'ho detto prima? Forse questa informazione potrebbe causare danni, per esempio potrebbe farmi uccidere."

"Non essere ridicolo. Nessuno ha detto che non potevi dirlo. Inoltre, mi interessa vedere cosa succede qui in questa grotta e a te."

"Pensi di avere qualcosa su di me?" "Mi piace pensare che abbiamo un accordo tra noi."

"Non hai chiesto direttamente nulla, piuttosto hai dato per scontato. Dare per scontato è pericoloso, ecco cosa succede."

"Haha! Non mettermi fretta. Ho bisogno del momento giusto." "Quando accadrà?" "BENE?" "Allora..." "Ok... quando avverrà esattamente?"

Michael prese Sarah per il braccio e la condusse su per la scogliera. Una volta lì, la fece stare lì mentre lui ridiscese, si inginocchiò su un ginocchio alla base e cominciò a parlare ad alta voce; Sarah si coprì la bocca per non sentire altro di quello che aveva da dire.

Ora. Ora che tutti se ne sono andati, le stelle sono in piena fioritura, l'aria profuma di dolce miele e fiori di campo, la luna splende come un diamante scintillante sulla terra, i tuoi capelli brillano come seta mentre il tuo vestito scende dalle spalle come una marea oceanica, il tuo viso si irradia come la luce di una lampada sopra la testa; Sarah significa tantissimo per me; Non ho mai provato sentimenti così profondi come con te; So che potrei non sembrare appariscente, ma per favore prendi nota, questo tipo di amore significa tutto."

Sarah, so che ci sono molti uomini là fuori che vorrebbero uscire con te; Sono semplicemente onorato che tu mi abbia scelto. Voglio trattarti come la regina che sei veramente; messo in alto su un piedistallo e adorato. Il mio obiettivo è trascorrere insieme quanti più anni felici e sereni possibile, non importa se durano o si accorciano. Non importa le tue spese mediche o cosa pensa il dottore, basta che io ami chi sei per quello che sei piuttosto che per come gli altri la percepiscono." Sarah, per favore, fammi un'offerta: diventa mia moglie; mi sposerai?"

Sarah cominciò a singhiozzare. Nessuno aveva mai detto qualcosa di così gentile o premuroso su se stessa prima; nemmeno suo padre l'aveva fatto. Sebbene Sarah si aspettasse una proposta, nessuno l'aveva mai trattata con tanta tenerezza come quella persona. Sarah cominciò a chiedersi ad alta voce: è già pronto per una responsabilità così difficile o non hanno considerato appieno ciò che potrebbe accadere.

Michael, puoi dirmi se..."

"Sì, capisco quello che sto entrando. Ti amo e non voglio perderti mai. La tua malattia non mi disturba affatto; sono disposto a prendermi cura di te con la massima cura poiché i migliori professionisti medici sono disponibili nel mio disposizione - per favore dimmi che mi sposerai."

Sarah cominciò a singhiozzare più forte. Mentre pensava a tutto ciò che amava e apprezzava di lui, e a quanto la rendeva felice, le venne in mente che forse questa non era proprio la cosa giusta per lei, dopo tutto, finché alla fine Sarah decise di andare avanti con questa decisione.

CAPITOLO 17

"Va bene, porterò la mia tenda. Però questa volta dovrei informare papà, lui sa dell'ultima volta! Va bene allora, arrivo in tempo... Ciao adesso."

"PAPÀ!" - gridò Sarah chiudendo la chiamata.

"Sì piccola?" "Papà, per favore, smettila di chiamarmi così. Michael e io stiamo viaggiando di nuovo nello stato per visitare un indiano di cui ti ho parlato; il nostro soggiorno dovrebbe durare solo un paio di giorni; non preoccuparti; mi comporterò bene."

"Ne hai parlato a tua madre?"

"Speravo che lo facessi. Non desidero che ci siano problemi tra noi; per favore aspetta finché non me ne sarò andato prima di ingaggiarla."

"Ora che sei adulto, è tempo di iniziare ad assumerti la responsabilità di te stesso.

"Papà?" Capisco. Solo questa volta però; fare attenzione perché il terreno può essere insidioso e causare affaticamento rapidamente."

"Mi riposerò. Secondo il mio medico per me dovrebbe andare tutto bene, non dovresti preoccuparti di nulla."

Sarah andò di sopra a fare le valigie, chiedendosi cosa sarebbe successo questa volta. Cosa direbbe White Heaven della grotta o Larry stava solo giocando con loro?

"Papà, se Michael viene a prendermi, per favore digli che ho qualcosa di importante di cui devo occuparmi e che tornerò tra poco. Devo andare a trovare Mary brevemente - prendo la macchina."

Sarah lasciò la casa e andò direttamente a casa di Mary, che viveva proprio vicino al sentiero che porta alla grotta. Una volta lì, Sarah convinse Mary a unirsi a loro mentre si dirigevano verso quel luogo, cosa che alla fine accadde ed entrambe iniziarono il loro viaggio insieme.

Sarah portò Mary nella grotta, chiedendole di descriverle le sue pareti. Mary rispose che sembravano muri di cemento grigio senza ulteriori dettagli forniti. Questa notizia sconvolse profondamente Sarah.

Portò Mary a casa e tornò da Michael che stava aspettando. Gli raccontò cosa stava succedendo.

"Cosa ti ha detto?" Lei rispose che neanche Mary poteva vedere niente e che io vedevo qualcosa che lei non vedeva; entrambe le parti hanno ammesso di non aver visto nulla e nessuna delle due parti ha suggerito alcuna soluzione.

"Ci siamo quasi. Ci accamperemo e ci dirigeremo direttamente alla riserva, sicuri che ci darà tutte le risposte di cui abbiamo bisogno."

Sarah sospettava che avessero dimenticato lo zaino durante l'allestimento dell'accampamento e si fossero avviati verso la riserva senza rendersi conto che era stato lasciato all'interno della loro tenda. La loro camminata sembrava più lunga del normale a causa dell'ansia di trovare risposte; quando lo raggiunsero, tuttavia, i bambini della tribù li accolsero calorosamente a braccia aperte.

chiese Michael con grande urgenza. "Dobbiamo localizzare White Heaven. La sua presenza è essenziale."

"È partito per un viaggio sconosciuto e non tornerà prima di giorni. Vuoi aspettare?" risposero i bambini indicando la tenda che li accoglieva.

"Dobbiamo trovarlo oggi. Puoi fornirci qualche pista?" "No. La Madre Bianca Cielo potrebbe fornirtene alcuni.

"Grazie. Dove si trova?"

Michael e Sarah convinsero Madre Cielo Bianco, sua moglie, a rivelare dove si trovava e si avviarono immediatamente in quella direzione senza pensarci due volte a portare con sé eventuali provviste dal loro accampamento.

Michael ed io abbiamo intrapreso il nostro viaggio per molto tempo; possiamo fermarci adesso? Mi sento affamato ed esausto; sarebbe utile per entrambi riposarci."

"Ma se non riusciamo a trovarlo... Permettimi di scusarmi; adesso ci fermiamo; non volevo essere egoista."

Due uomini si sedettero insieme e cominciarono a conversare.

Stiamo facendo ciò che è giusto?" "Sei d'accordo che ciò che stiamo facendo sia corretto?"

"Certo. Lo troveremo abbastanza presto, si spera entro un'ora o due."

"Non intendo insistere su questo; piuttosto, intendo la nostra decisione di sposarci. "Pensavo fossimo d'accordo di non discuterne in questo momento.

"Lo so, ma non riesco proprio a trattenermi dal chiedermi..."

"Niente panico. Andrà tutto bene. Quindi prendiamo gli zaini e pranziamo." "Lascia fare a me, andrà tutto bene."

"No. Ce l'hai."

"Michael mi ha detto di prenderlo," rispose Sarah nervosamente.

"Sembra che moriremo di fame! Come hai potuto fare una cosa così irresponsabile?"

Sarah scoppiò in lacrime. "Per favore perdonami, non arrabbiarti con me, non era intenzionale."

Michael afferrò la mano di Sarah e la sollevò. Iniziò a camminare lungo il sentiero, trascinandosi dietro Sarah: dovevano aver percorso circa mezzo miglio prima che Sarah tentasse di intervenire e cercare di fermarlo.

"Michael, non è tutta colpa mia: perché dovrei sopportarlo?" Sarah implorò mentre cercava di fermare Michael e di parlare direttamente con lui.

"Sarah, non è tutta colpa tua. Sei contenta adesso?" Ha risposto rapidamente con.

"Oh certo. Cerchiamo di trarne il meglio." Sarah rispose mentre si dirigeva verso un ceppo vicino per sedersi.

"Oh no! Ora non hai fiducia che mi prenderò cura di te? Che meraviglia. Ora siamo qui in mezzo al nulla e vuoi che io desideri del cibo? Okay, qualsiasi cosa che ti renda felice; qui desidero che appaia il cibo." Michael rispose con fermezza.

Sarah si sentiva triste mentre Michael si sentiva arrabbiato; perciò decisero che sarebbe stato meglio se nessuno dei due avesse parlato all'inizio in alcuna forma; presto i due si addormentarono pacificamente.

"Hai fame?" venne una voce dalle loro tende a svegliarli.

Michael si è fatto avanti per proteggere Sarah.

"Chi sei?" White Heaven mi ha mandato qui perché sapeva che probabilmente avresti avuto fame a causa del lungo viaggio dal campo.

"Come poteva sapere che eravamo qui o che stavamo arrivando?"

Michael e Sarah rimasero perplessi quando l'indiano posò il suo pasto e se ne andò, lasciando Michael e Sarah ancora più confusi di prima.

"Vieni, lascia che ti mostri dov'è il Paradiso Bianco." Detto questo se ne andò per la strada.

Ben presto, Michael, Sarah e White Heaven trovarono una radura nel bosco coperta da un pergolato di alberi con l'erba che copriva il terreno. Michael e Sarah hanno informato White Heaven di eventuali oggetti o situazioni sospette che hanno incontrato; entrambi la informarono anche di eventuali grotte scoperte nelle vicinanze.

"Fede. "
Che ne dici?" "La chiave è la tua immaginazione. Credi che ciò che vuoi accadrà e accadrà." Non posso dare alcuna risposta; devi capirlo da solo come parte della maturazione come persone. Mi dispiace di aver sprecato questo viaggio, ma ora deve finire per me perché devo lasciarti per tornare a casa, portando con te il cibo per il viaggio di ritorno. Buona fortuna nella tua ricerca!"

White Heaven e il suo compagno scomparvero presto alla vista, lasciando Michael e Sarah soli nella radura.

"Cosa c'era che non andava? Sembrava scontento nel vederci.

"Sarah, non ti riconosco. È stato molto strano per me: perché dovrebbe lasciarci così in fretta?"

Due sono stati visti tornare silenziosamente al campo, stanchi e affamati, così hanno deciso che sarebbero andati direttamente a letto una volta raggiunto il campo.

Si discute molto tra gli esperti sulla natura e sulla potenziale nocività dell'uso degli antibiotici come parte di una strategia globale contro la resistenza ai farmaci. In un tale ambiente, i rischi aumentano notevolmente a causa dell'esposizione. Tuttavia, molte organizzazioni continuano a utilizzarli.

CAPITOLO 18

"...Non vedo come potrò tenerlo per me ancora a lungo. L'Università vorrà che mi presenti per gli esami, cosa che semplicemente non posso sopportare. Cosa dovrei fare? Se solo esistesse un modo anonimo Potrei informare qualcuno senza che mi facciano a pezzi! Se solo ci fossero una cassetta delle mance e dei campioni anonimi in attesa alle loro porte, ma invece lasciate in montagna per essere raccolte successivamente."

Sarah lesse lentamente con grande attenzione. La sua mente correva con le possibilità su chi potesse essere: questa persona potrebbe essere Dale Sanders? Dopo questa non ci furono altre note o lettere per chiarire ulteriormente la questione.

"L'articolo ha lasciato in sospeso tutti i lettori, il che non era giusto dato che nessuno dei due scrittori conosceva personalmente la sua fonte. Domani andrò all'università per scoprire chi l'ha scritto", pensò Sarah.

Sarah chiese a Michael di accompagnarla la mattina seguente all'Università. Anche se sarebbe stato un viaggio estenuante, Sarah credeva che avrebbe potuto ripagare in termini di informazioni di cui aveva bisogno per il suo progetto di ricerca. Quando sono arrivati lì, hanno deciso di raccogliere alcuni dettagli e di fare un giro per disinnescare ogni sospetto che avrebbero potuto incontrare lungo la strada.

"Possiamo visitare il laboratorio? La chimica mi incuriosisce e vorrei vedere se soddisfa le mie esigenze."

Michael ha tentato di impedire a Sarah di rendersi sciocca gridando: "Sarah!" nel tentativo di fermarla. O almeno così pensava.

"Michael!"
La nostra guida iniziava suggerendo loro di recarsi direttamente in laboratorio; tuttavia, Michael si oppose fermamente e chiese se c'erano altri luoghi d'interesse che volevano visitare lungo la strada. Con un certo disprezzo, lei ha risposto "Certo che no!".

Sarah sorrise e annuì, sentendosi leggermente imbarazzata ma grata che avessero una guida per portarli lì. Michael sussurrò gentilmente qualcosa all'orecchio di Sarah mentre lo seguivano.

"Come otterrai qualche informazione?"

"Semplice. Segui semplicemente le mie domande; non preoccuparti, non sbaglierò niente!"

"Buon pomeriggio dottor Hansen. Questi giovani studenti sono potenziali laureati in chimica e volevano fare un giro nel suo laboratorio se per lei andava bene."

"Sì, suona bene." "Dottor Hansen? Posso farle qualche domanda?" "Certo signorina, sentitevi liberi di porre qualsiasi domanda."

"Mi chiedevo se qualche persona importante ha visitato la vostra struttura, come quelli che hanno fatto notizia a livello nazionale.

"Caro, la nostra Università è piccola e non attira molte persone famose; anche così, non diventano famosi per il fatto di frequentarla. Non credermi però sulla parola; la nostra struttura offre un'istruzione di qualità ."

"Oh... beh... okay... forse hai ragione," rispose Sarah con un sospiro esasperato.

"Bambina, sembra che tu sia delusa e spero che questo non influisca sul tuo desiderio di frequentare la scuola in futuro."

"No, questo è tutto quello che posso permettermi in questo momento. Ho solo sentito delle cose, tutto qui." "Tipo cosa?" chiese incuriosita la guida.

"Beh, è stupido."

Nostro figlio ha bisogno di sapere."
E il medico ha risposto. "Beh, ho letto su un vecchio giornale locale di un uomo di nome Sansone che affermava di poter vedere i fantasmi." Dopo ulteriori domande da parte di uno dei suoi pazienti. Il medico rispose con entusiasmo. "Sì, ho sentito parlare di quell'uomo da un vecchio giornale locale".

"No! Nessuno si è ancora fatto avanti con un resoconto del genere; tuttavia, non pensi che se qualcuno fosse riuscito a curarsi dal cancro, forse si sarebbe potuto fare della ricerca qui?" "NO! Non si è mai fatto avanti nulla del genere prima d'ora: non credi che qualcuno possa averci provato?" "NO! Non ho ancora sentito nulla, forse qualcuno potrebbe farsi avanti?" "NO! Non ho mai sentito una storia del genere - non credi che se qualcuno avesse successo potrebbe farsi avanti perché non sentiamo parlare di storie di successo." "NO! Niente affatto; comunque non credi che qualcuno si farebbe avanti se qualcuno avesse successo lo farebbe? Non credi che qualcuno potrebbe farsi conoscere?" "NO! Nessuna storia del genere qui prima; non pensi che qualcuno potrebbe farsi avanti?" "NO! Non si è mai sentita una storia simile prima? Ma qualcuno non lo farebbe se qualcuno? Non credi che se invece ci fosse qualcuno qui, non penseresti che qualcuno potrebbe farsi avanti?" Neanche uno? Non credi che qualcuno potrebbe parlare apertamente." No? Sfortunatamente non ho mai sentito nulla di simile prima." Non credi che qualcuno potrebbe parlare adesso se qualcuno fosse qui?" Senza dubbio qualcuno potrebbe farsi avanti se qualcuno potesse parlare là fuori?" Non pensi che sarebbe? Senza dubbio qualcuno potrebbe?" Non pensare?"Nessuno ha mai sentito una storia così incredibile?"No, non abbiamo sentito che una storia del genere esistesse già? Non pensi che qualcuno potrebbe farsi avanti?"Sì". non è vero pensare?" Non è vero?"Sì", rispose. Non pensare diversamente?"Sì, non sai qualcos'altro, vero? Non credi?"Nessuno è mai stato da queste parti?"No... sapremmo che potrebbero saperlo? pensi che qualcuno lo abbia fatto"? Non credi?? Forse qualcuno stava attraversando un periodo difficile? "Nessuno potrebbe dire che qualcuno ha avuto qualcuno simile?" Non è vero? Don? Penso che qualcuno? Ma forse qualcuno l'ha fatto?" non è vero?" pensi...? hai sentito qualcosa di simile, forse...? non penseresti che succeda qualcosa...? non pensi?"!... ma? non penseresti che...?"! dici lì...? non sarebbe?" Forse qualcuno....Beh?...non pensare?Non pensare che Se qualcuno avrebbe qualcuno? Non pensi che qualcuno?! Non pensavo che ci sarebbe....?? pensi che qualcuno avesse qualcuno?... "Non credi...non credi...? cosa avrebbe visto...? Non sarebbe? non potrebbero accadere...?. .. Se qualcuno?... "...?? non...? non fai qualcosa di diverso?" non fa?? don? non farebbe?... Se qualcuno fosse... Se qualcuno apparisse da qualche parte??? non avrebbe pensato che qualcuno?"...? non... Se qualcuno...?..... o vorrebbe (? non lo farebbero già o... Se qualcuno

"Se il cancro fosse stato curato con successo, la notizia si sarebbe diffusa a macchia d'olio!" chiese un medico ansioso.

"Sì, deve essere così. Sapevo che il mio comportamento era insensato. Tutto quello che volevo era..."

"Andiamo avanti senza soffermarci troppo su questo argomento", suggerisce la nostra guida per allontanarsi dal rivisitarlo.

Sarah e Michael tornarono alla macchina sentendosi scoraggiati e sconfitti. Era stato un incontro infruttuoso e ora era finito senza alcuna soluzione in vista.

Sarah aveva appena perso una battaglia e sapevano che doveva esserci qualcosa nascosto lì che potevano scoprire. "Pensi che nascondessero qualcosa?" Sarah ha cercato di scoprire alcuni indizi.

"Non capisco perché lo avrebbero nascosto, forse era semplicemente l'università sbagliata."

"Forse. Dato che l'articolo parlava di montagne e indiani, forse quella potrebbe essere la nostra rotta di esplorazione.

"White Heaven ed io abbiamo parlato, e tu lo hai sentito chiaramente: non desidera più avere a che fare con noi.

"Non essere sciocca. Gli piaci e ci parlerà." "Non so se questo sia un ottimo piano."

Tornarono a casa, ma Bedford non sembrava più la loro città natale. Adesso che erano adulti, non sarebbe stato più il caso di restare lì; perciò discussero di trasferirsi insieme in un appartamento al più presto possibile.

"Credi che i tuoi genitori lo permetteranno?"

"A 18 anni sono legalmente autorizzato a prendere le mie decisioni e a informare le persone coinvolte; tuttavia, non hanno bisogno di sapere chi sarà il mio compagno di stanza."

"Dove stiamo andando?" Scuola?

"È troppo lontano; ci serve qualcosa più vicino alle montagne e alle riserve. Andiamo a parlare con White Heaven."

Domani sono troppo esausto per guidare.

"Michael, non hai intenzione di aiutarmi a risolvere questo mistero? Per favore, andiamo adesso." "No Sarah. Sono troppo stanco; domani." Detto questo, salutò Sarah con un bacio.

Sarah tornò sulla veranda, dove iniziò a riflettere su tutto quello che era accaduto durante la giornata e a cercare di mettere insieme ogni possibile connessione tra lei e lo sconosciuto che non riusciva a localizzare, diventando lei stessa irrequieta mentre sia la mente che il corpo cominciavano a vagare le loro direzioni separate.

"Vado da solo; se non mi aiuta, allora sto bene senza il suo aiuto; dopo tutto, so dov'è White Heaven." Sarah continuò il suo divagare finché non decise di andare a vedere White Heaven senza Michael.

Non c'è niente di più impressionante che vedere qualcosa con i propri occhi - che si tratti di musica, arte o parole - fare una dichiarazione impressionante su chi sei come individuo e sulle tue intenzioni nei confronti della società nel suo insieme.

CAPITOLO 19

Mentre Sarah proseguiva verso il Paradiso Bianco, gli alberi gradualmente svanivano nello scenario mentre le stelle brillavano come luci di Natale in una sera d'inverno. Nel frattempo, sulla strada da percorrere c'era un mare infinito di vittime della strada attraverso le quali Sarah poteva solo vedere. Tutto ciò a cui riusciva a pensare era parlare con White Heaven; senza rendersi conto di aver svoltato inaspettatamente a sinistra a un bivio e di essersi persa senza nemmeno rendersene conto.

"So che l'accampamento deve essere da qualche parte qui; però non sono stato io a seguirlo fin qui..." "Niente affatto! Ho seguito l'odore."

Sarah continuava a cercare di convincersi che non si era persa. Michael sarebbe sicuramente ancora da qualche parte.

Il vento ululava come un coyote; le stelle cominciarono gradualmente a svanire nel nulla mentre la nebbia cominciava ad accumularsi sul parabrezza e i fulmini lampeggiavano in lontananza.

"Da dove viene questo? Il tempo è stato bello tutta la mattina. Sarah si è allarmata che potesse iniziare a piovere presto."

"Forse dovrei voltarmi e andare dall'altra parte, forse ho sbagliato bivio!"

Sarah ha deciso di invertire la rotta e dirigersi nella direzione opposta.

"Ecco il bivio. Io prenderò la strada opposta."

Sarah non si rese conto che questa non era la forchetta che stava cercando; un'altra strada si era congiunta a quella che stava percorrendo senza che lei se ne accorgesse, avvicinandosi al bosco man mano che il temporale si avvicinava, spingendola a iniziare a gridare di angoscia.

"Non sembra una bella cosa. Credo che morirò qui; cosa devo fare adesso che Michael potrebbe uccidermi se mi trova? Come faccio a contattarlo adesso?"

Continuò la ricerca, sperando di riuscire prima o poi a individuare la strada principale o qualcuno che la conducesse lì. Adesso la pioggia cadeva forte; era difficile per lei vedere qualsiasi parte della carreggiata.

"Forse dovrei accostare finché non rallenta un po'." Sarah si assicurò. Fermò la macchina e cominciò lentamente ad addormentarsi nonostante gli sforzi per rimanere sveglia.

Sarah si addormentò rapidamente senza troppe difficoltà.

Sogni pieni di pensieri di estranei riempivano le sue giornate, specialmente quelli che coinvolgevano Dale Sanders. Apparvero anche leggende indiane e altre religioni, finché tutti i loro significati si intrecciarono e lei non riuscì più a dar loro un senso.

Le tempeste hanno continuato il loro assalto alla Terra per tutta la sera. Sarah continuò a dormire pacificamente finché un forte tuono non la svegliò.

"Che diavolo..."
Sarah era perplessa perché il suo stomaco cominciava a farle male e si sentiva estremamente debole. Decise di aspettare ancora qualche minuto prima di decollare, ma presto scoprì che il suo sistema immunitario aveva preso una svolta inaspettatamente negativa, rendendola troppo fragile per guidare.

"Non so cosa c'è che non va in me, dato che non mi sento così male da un po' di tempo. Spero che non sia la leucemia a manifestarsi di nuovo - ciò vanificherebbe ogni possibilità che potrei avere di fare qualche scoperta! Se mai. Quindi è imperativo che me ne vada di qui velocemente."

Sarah mise in moto l'auto e cominciò a percorrere la strada buia e solitaria, riuscendo a malapena a vedere attraverso il paesaggio bagnato dalla pioggia. Qualche metro dopo qualcosa uscì correndo da dietro di lei; Sarah ha perso il controllo e si è schiantata fuori strada contro un albero prima di perdere conoscenza.

"Dove sono?" cominciò a chiedersi.

"Non aver paura. Sappi che sei al sicuro."

Sarah guardò lo straniero. Era un indiano che non aveva mai incontrato in quelle parti del bosco, il che le causò una certa paura.

"Chi sei e perché sono qui?" chiese Sarah allo sconosciuto mentre si allontanavano.
mes
"La gente mi chiama Wonder Bird. Non ricordi l'incidente d'auto?"

Sì, sembra plausibile: vivi qui vicino/è questo il tuo accampamento?"

"Sto viaggiando. Questo è solo un campo temporaneo. Quando il tempo migliorerà, andrò avanti. Ti senti meglio adesso? Con la febbre come quella, avresti dovuto evitare del tutto di guidare."

"Stavi prendendo antibiotici o erbe?"
SÌ. Quando è iniziato il trattamento e cosa avrebbe causato il ritorno della febbre? (Lei chiese.) Cosa le avevano dato senza che lei lo sapesse. Ero allergico a qualcosa che gli ha dato?)

"Stai tranquillo. Andrà tutto bene. Ti ho dato radici ed erbe per aiutare la tua malattia a scomparire; dopo tutto, questo è il mio lavoro di guaritore, il che spiega perché viaggio così tanto!"

Insieme si sedettero e parlarono per un lungo periodo. Si sentì più a suo agio con lui mentre parlavano e gli raccontò della sua ricerca per localizzare l'accampamento di White Heaven, sperando che lui potesse aiutarla. Le disse che avrebbero potuto trasportarla fino alla strada principale prima di separarsi, ma che avrebbero dovuto aspettare fino al mattino perché ciò avesse effetto. Giunta la sera lo ringraziò abbondantemente e gli offrì un passaggio; al che acconsentì e poi proseguì da solo percorrendola fino a raggiungerla da solo; lasciando così solo se stessa.

"Interessante. Perché hai deciso per la nostra università rispetto ad altre in questa regione che potrebbero essere più convenienti per te? Cosa ti ha spinto a scegliere noi?", "Vediamo, cos'ha attratto la nostra istituzione sei così forte?",

Sarah voleva far sapere a Dale Sanders perché era venuta lì, dato che quella era stata la motivazione principale. Voleva rivelare il loro legame e il vero motivo per cui erano entrambi qui oggi.

"Sto facendo ricerche su tutte le università qui vicine e vorrei farne una domanda." "Certo, sentiti libero di contattarci in qualsiasi momento."

"Speravo di sapere se la tua università offrisse programmi che combinano geologia e medicina.

"No! No!" Il signor Larrison ha risposto nervosamente.

Sarah ha trovato l'intervista estenuante, durata più di 30 minuti. A quel punto decise di stringergli la mano e andarsene, chiedendosi perché sembrasse così teso; la sensazione che qualcuno la stesse osservando o seguendo in giro cominciava a insinuarsi nella sua tranquillità.

"Penso che andrò a nascondermi per un po'. Forse oggi, quando tutti se ne andranno, potrò andare al laboratorio," pensò tra sé.

Sarah tornò alla sua macchina e partì, ricordando i tempi in cui frequentava ancora le medie in California.

"Non preoccuparti di controllare Sarah; non ho rubato nessun oggetto; la tua collana è al sicuro da me."

Sarah sentì l'amico di suo fratello tremare violentemente. Sembrava che lui sapesse qualcosa che lei non sapeva.

"Billy, mi sembra che tu sia una persona onesta. Ti piace lavorare qui?"

"No! Non chiamarmi sorella! È disgustoso." "Oh, questo è imperdonabile"

Sarah mise un braccio intorno a Billy, che cominciò a tremare più forte. Ciò ha confermato i sospetti di Sarah.

"Andiamo a fare una passeggiata. Oh guarda, la tua etichetta sporge; lasciami aggiustarla." "Grazie; dove siamo diretti dopo?"

Sarah annunciò tirando fuori la collana che aveva nascosto sotto la camicia: "Andrai direttamente in prigione!" - intonò Sarah.

Capitolo 22

10 giugno Credo che all'Università stia succedendo qualcosa di strano. Il signor Larrison sembrava molto nervoso durante la nostra intervista, suggerendo che conoscesse Dale Sanders; forse c'è qualche insabbiamento alle sue spalle? Né la mia visita al laboratorio di chimica né il suo addetto sono stati utili in questa ricerca di informazioni; Devono aver distrutto le prove, quindi immagino che siamo tornati al punto di partenza. Ho letto di più sull'Università dai vecchi giornali; anche se non sono mai riuscito a comprendere appieno tutto ciò che andava storto lì. Dale Sanders era uno dei suoi professori di chimica in quel momento. Michael afferma di aver scoperto qualcosa che l'Università ha tentato di nascondere. Si parlava di un individuo della zona di Waterton che potrebbe essere stato il suo partner; nessun nome è stato fornito qui. Quindi ora la cosa sta diventando davvero emozionante: devo incontrare Michael mentre andiamo lì insieme - spero di vederti più tardi!

"Sarah, Michael è qui. Non tardare!" Un forte grido provenne da dietro di loro.

"Sto arrivando." Sarah mise via il suo diario insieme agli appunti presi dai giornali e cominciò a chiedersi dove fossero finiti.

"Danny, credi che riusciremo a trovare il ladro?"

"Sarah, qualunque cosa vogliamo può succedere. Dopotutto, abbiamo già un piano stabilito." "Sarah, possiamo realizzare qualsiasi cosa. " "

"Sì, ma a volte mi chiedo se siamo abbastanza bravi. Cosa succederebbe se mia madre lo scoprisse?" "Esattamente. Quindi vorrebbe dire..."

"Le diremo che non sappiamo dove sia andato e lei non lo scoprirà mai; fidati di me."

Sarah fu svegliata da un colpo alla porta. "Solo per questa volta," rispose Sarah.

"Sarah, vieni? C'è così tanto che dobbiamo fare oggi; andiamo!"

Sarah non poteva fare a meno di sentirsi orgogliosa di aver raggiunto un risultato così importante.

"Michael, siamo sicuri di cosa stiamo cercando qui? Sarà davvero di beneficio a qualcuno?"

Ora è il momento opportuno per porre questa domanda; dopo aver passato così tanto tempo a cercare. Supponevo che sapessi il motivo."

"Quale?"
Non lo so, ho pensato che fosse per te quando hai avviato questa idea; tuttavia, non hai mai realmente spiegato il motivo; quindi ho semplicemente accettato perché non voglio che tu rischi di farti male da solo. Perché lo stiamo facendo?", ha chiesto WB?) PERCHÉ LO STIAMO FACENDO?" WB: PERCHÉ stiamo facendo QUESTO?" WB: Allora PERCHÉ lo stiamo facendo?" WB: Nessuno era sicuro di chi avesse avviato tutto ciò. Anche WB era confuso ma decise di non chiederne il motivo. Allora PERCHÉ lo stiamo facendo? "Di chi è stata questa idea?" WB "Nessuno lo sa. Chi ha avviato tutto questo?" Una risposta sbagliata rivelerebbe quale parte ha avviato questo processo di iniziazione." Mentre entrambi si chiedevano chi esattamente, WB si è chiesto da solo ma non ha mai spiegato esattamente perché! Mentre nessuno dei due lo ha fatto, allora perché NOI lo stavamo facendo insieme?" Mentre

Michael fermò la macchina. Lui si voltò e la guardò direttamente.

"Beh, potrebbe essere stato qualcos'altro; forse mi sono sentito attratto da Dale Sanders?"

L'incidente della grotta era intrigante; non vuoi sapere se sa qualcosa di questa zona?"

"Certo, se è quello che vuoi." Michael se ne andò.

Sarah e Michael fecero il loro viaggio di venti minuti fino a Waterton, apparentemente impiegando un'eternità, sedendosi in silenzio insieme mentre guidavano verso la città.

Sarah gridò eccitata. "Fermare!" Sarah gridò con rabbia quando raggiunsero un segnale di stop.

CAPITOLO 23

"Wondering Bird", scoprimmo, era a Waterton. Dopo aver parlato con lui per un po' di tempo, si scopre che sapeva di qualcosa che si nascondeva all'Università e i giornali tentavano di smascherarlo; Paul, l'assistente alla regia, era ormai in pensione, quindi ho chiesto se Wondering Bird vivesse nelle vicinanze poiché ho intenzione di andarci presto e di incontrare Mary nella sua grotta! Prima o poi dobbiamo muoverci!

Mentre Sarah si avviava verso la grotta, i suoi pensieri erano pieni di idee riguardanti questo incidente e il suo possibile significato per i chimici: qualcosa di così vitale che qualcuno aveva bisogno di nasconderlo in segreto.

"Cosa fanno i chimici?" si chiese Sarah ad alta voce.

Cominciò a ricordare una conversazione avuta con il vicedirettore dell'Università.

Come studente di chimica, avrai bisogno di un certo numero di ore di laboratorio per soddisfare le tue esigenze. Dipenderà dal campo della chimica per cui opterai."

"Cosa facciamo in laboratorio?"

"In genere ti verranno dati composti specifici da formare. A volte ti verrà anche chiesto di creare qualcosa di tuo sotto stretta supervisione: lo scoprirai quando arriverai lì!"

Sarah è caduta da un ramo.

"Devo smetterla di fantasticare in quel modo," affermò Sarah ad alta voce.

È riuscita ad arrivare alla grotta nonostante si sentisse svenuta e avesse il fiato corto.

"Perché stai camminando?"
Non posso prendere la macchina oggi e ho bisogno di un posto tranquillo dove sdraiarmi; puoi aiutarmi a raggiungere la grotta?"
Tutto bene, posso darti qualcosa?"

"Non preoccuparti. Una volta che mi sarò sdraiato, andrà tutto bene."

Sarah si sdraiò nella grotta e si sentì subito meglio.

"Non così in fretta. Sdraiati." Mary aiutò Sarah a sistemarsi sul lettino. Sarah rispose affermativamente su dove pensavano potesse essere trovata la grotta e Mary le disse che sembrava probabile che potesse essere trovata nelle vicinanze; la loro spiegazione richiederebbe molto più tempo.

"Abbiamo tutto il tempo," rispose Sarah, "e quando ne saprò di più, te lo farò sapere." Trascorrevano ore seduti insieme, condividendo tutti i loro pettegolezzi. Sarah voleva disperatamente sfogarsi.

Non poteva fare a meno di ripensare all'incidente nella grotta durante la festa e chiedersi se Mary, se fosse stata più credente, avrebbe notato cristalli luminosi e scritte sui muri.

"Mary, ho bisogno che tu mi aiuti." Sarah prese Maria per mano e la condusse verso una grotta.

"Siediti, incrocia le gambe e siediti."

"Va bene, e adesso?" Per cominciare, chiudi gli occhi e pensa a qualcosa di bello come un diamante. Hai in mente qualche immagine specifica?"

"Sembrerebbe proprio così." Ora apri gli occhi, vedi qualcosa?" È Dove?

Sarah respinse bruscamente l'affermazione di Sarah con le parole: "Non importa".

Sarah si alzò e guardò le pareti della caverna. Il soffitto era pieno di cristalli scintillanti di vari colori che emanavano un bagliore che riempiva la stanza, così come intagli e immagini appuntite raffiguranti uomini di medicina sulla parete di fondo; grazie alla loro fonte di luce, queste immagini hanno preso vita. Sarah ha visto foto di persone sdraiate; alcuni avevano la faccia mentre altri no; vide persone con lunghi riccioli biondi che coprivano i loro corpi con lenzuola - immagini che non aveva mai visto prima ma che riusciva a riconoscere.

Sarah notò immagini di animali che sembravano seduti, alcuni fluttuanti nell'aria; Sarah notò persone e animali sdraiati o seduti mentre altri sembravano galleggiare; Sarah poi ammirò tutti i diversi disegni su entrambi i lati del muro; da una parte c'era qualcuno sdraiato o seduto mentre dall'altra estremità stavano in piedi e ballavano; nel frattempo una figura centrale con i capelli lunghi che indossava una lunga veste o un panno con scritte sopra si presume fosse uno stregone mentre in basso si vedeva sdraiata ma non era vestita come avrebbero fatto gli indiani; non c'era nemmeno un'altra foto alle due estremità!

Sarah espresse ad alta voce il pensiero: "Sicuramente questa persona non è stata ancora guarita..."

"Dove sei stata, Sarah? Non ti vedo né ti sento da un po' di tempo.

"Oh, stavo proprio pensando: è ora che scappi. Ho promesso alla mamma che domani andrò con lei in chiesa."

"Va bene, ma presto romperai il silenzio su quello che sta succedendo qui. Hai sentito?"

"Per favore, dammi un po' di tempo, sei sicuro che non ci fosse nulla di visibile?" "Sì. Assolutamente certo."

Sarah e Mary si allontanarono e si avviarono verso le loro case.

13 giugno È strano. Penso che la figura sul muro debba essere io, dal momento che Michael ha detto di non averla disegnata lassù e dal momento che White Heaven è apparso solo di recente. Allora chi l'ha messo lì? Ieri in chiesa, quando ho chiesto informazioni sulla guarigione a mamma e lei mi ha dato delle Scritture da leggere e ha detto che tutto ciò di cui hai bisogno per avere successo è la fede. Quando le è stato chiesto cosa pensasse delle altre religioni, ha detto che non le importava fintanto che credevano in Dio, il che mi lascia perplesso! Sono sopraffatto.

CAPITOLO 24

"Entrate! Lasciate che vi aiuti, giovani!" chiese una voce più anziana quando entrarono.

"Signor...", rispose direttamente Sarah.

"Paolo qui." Michael ed io stiamo conducendo una ricerca su un evento accaduto nel 1978. Dale Sanders era coinvolto come chimico responsabile.

"Per favore accetta le mie scuse; tuttavia, non riconosco Dale Sanders." Il vecchio si alzò e si diresse verso la porta.

"Andiamo. Devo assistere a una partita di bridge."

"Il signor Paul era così entusiasta al telefono. Cosa è andato storto?"

Come altri, sembra che tu abbia paura.

Paul chiuse e si voltò verso di loro per fissarla.

"Chi altri? Qualcuno ti ha detto qualcosa? Non dovrebbero."..."

"Cosa dovevi fare? Perché non l'hai ancora completato? Per favore continua; non ti licenzieranno né ti puniranno - tutto quello che possono dire è NO!"

"Sarah, per favore rilassati; Paul ha bisogno di vedere. Ora Sarah ha bisogno di distogliere lo sguardo." "Paul ha bisogno di te ora più che mai se questa situazione continua." "Sarah sta allarmando Paul, quindi per favore calmati. Ora Paul, devi prendere una decisione per suo conto." "Paul! Per favore calmati. Sarah ha bisogno di te qui per supporto ora più che mai se ci sono problemi."

Comprensibilmente, questo caso ha un grande significato personale per entrambi. Si tratta di questioni di vita o di morte per molti dei nostri elettori.

Michael sapeva che stava esagerando, ma non riusciva a resistere al sentimento ambizioso.

"Permettetemi di darvi le mie opinioni oneste; tuttavia, questa volta solo con l'intenzione di aiutare - come sostenitore dei bambini piccoli."

Paul iniziò a spiegare la posizione di Dale Sanders all'Università. Continuò descrivendo come Dale avesse condotto test su vari composti per dimostrare gli squilibri chimici all'interno del corpo umano e le loro conseguenze, e avesse scoperto qualcosa di "extra" che voleva mantenere segreto. Michael e Sarah hanno espresso sorpresa e hanno chiesto cosa potesse essere questo "qualcos'altro"; Paul poi rivelò la sua conoscenza informandoli che Dale aveva incontrato qualcos'altro che teneva loro nascosto.

"Paul ha suggerito a Dale di testare la sua idea su una persona reale piuttosto che testarla sui ratti."

"Ma perché l'Università dovrebbe cercare di far sembrare che non sia successo nulla?" chiese Sarah.

"Questo va più in profondità. Dale credeva di aver scoperto una cura per qualcosa. Per evitare l'imbarazzo del pubblico nel caso in cui il progetto fallisse, l'Università ha tentato di insabbiare.

Domanda 1 (Ha fallito?)
No, tuttavia a causa di effetti collaterali il progetto è stato sospeso e chiuso."
Quando è successo questo? "

"Vicino al Ringraziamento del 1978.

"Dale ha lasciato l'Università?"

"Lo ha fatto dopo la fine del semestre; però nessuno sapeva perché o dove fosse andato; alcune voci suggeriscono il Messico; io stesso non lo so con certezza."

"Credo che abbiamo abbastanza informazioni a portata di mano. Non preoccuparti, Michael; il tuo nome non verrà fuori. Grazie per aver partecipato. Il tuo aiuto è stato estremamente prezioso; sei pronto?"

Sarah afferrò rapidamente Michael per mano e lo tirò giù dal sedile, spiegando nel frattempo la sua corsa in pochi istanti a Michael nella loro macchina.

"È nostro compito individuare gli appunti di Dale.

"Dove?" "Dove pensi che potremmo entrare?"
Nessuno sta entrando in nessun laboratorio qui."

"Per favore, Michael, questa è la nostra unica possibilità. Forse può aiutarci?"

C'è qualcosa di molto bello e pacifico nel guardare qualcuno che si prepara per un'avventura: mi fa desiderare di nuovo il Natale!

20 giugno :: Ho così tanto da dirti! Per prima cosa abbiamo incontrato Paul che ci ha spiegato perché l'Università si stava nascondendo. In secondo luogo siamo andati direttamente all'Università e abbiamo aspettato in fila fino alla chiusura, prima di nasconderci insieme in un armadio che odorava di prodotti chimici; Michael lo rivendicava come il suo ripostiglio personale. Ora, quando le torce elettriche e la torcia elettrica hanno radicato ovunque senza fortuna, siamo stati catturati dal custode che ha scoperto che avevamo perso la cognizione del tempo e saremmo partiti presto, gli abbiamo detto che lavoravamo lì e non tenevamo il conto del tempo e volevamo andarcene senza che nessuno ci sorprendesse e gli dicesse che saremmo partiti per visitare la California, cosa che lo fece esitare prima di permetterci di ripartire. Adesso Mary e Larry verranno con me; La mamma pensa che stiamo andando a ovest per far visita ad alcuni amici; La mamma non si fida abbastanza di me, quindi ho promesso alla mamma che sarei rimasta nella stanza di Mary finché lei non lo avrebbe ancora scoperto! Devo andare adesso prima che la mamma lo scopra.

"Sarah, i tuoi amici sono tutti qui."

"Grazie papà." Gli disse Sarah. Spero... Non preoccuparti, papà; Ti chiamerò e porterò le mie medicine con me nella stanza di Mary dove dormirò."

"Mi fido di te, Sarah." Sarah si sentiva in colpa. Sarah chiese immediatamente: "Papà?" Sì, zucca? Quando Sarah si è trovata nei guai si è subito tirata indietro e gli ha voltato le spalle per la vergogna.

CAPITOLO 25

Per favore fermati. Le tue rumorose buffonate mi stanno facendo impazzire; forse se tutti voi poteste trovare qualcos'altro da fare in silenzio? "Per favore, smettetela, ragazzi, mi state facendo impazzire; non potete trovare qualcos'altro di cui occuparvi?"

"Mi viene in mente qualcosa!"

"Mary, non sei capace di aiutarmi?"
Sarah mi ha chiesto cosa c'era che non andava; tutto quello che stiamo cercando di fare è divertirci e non potresti trovare qualcosa di rumoroso da fare?"

La battuta di Larry ha fatto ridere tutti. Sarah si sentiva confusa ed esausta; non sicuro di cosa o dove avrebbe cercato dopo, Michael le mise una mano sulla gamba per calmarle i nervi.

"Perdonate la mia ignoranza, so solo dove guardare fuori da Città del Messico e dentro. Secondo i giornali, è lì che è stato visto l'ultima volta. Tutti dovrebbero avere il passaporto?"

"Sì, Sarah. Ce lo hai già chiesto numerose volte."

"Sarah, è successo 17 anni fa. Pensi ancora che potremo trovarlo?" Mary ha risposto che è complicato perché sia Larry che lei sono qui solo in visita; quindi non credo che verrà fatto alcun reale progresso nel trovarlo qui."

Fidati di me; quando individueremo ciò che stiamo cercando, sarai il primo a saperlo!

"Va bene," rispose Larry dando una leggera gomitata al braccio di Sarah.

Man mano che si avvicinavano alla loro destinazione, Sarah divenne gradualmente distante e ansiosa. Trascorsero la notte in un motel nel sud dell'Arizona dove Sarah non poté fare a meno di ricordare ciò che le era stato promesso.

Michael ha cercato di convincere Sarah che sarebbe stato più economico affittare una stanza con due letti invece di alloggiare nella stanza di Mary, come soluzione più economica.

"Sarah, per favore usa il mio letto. I ragazzi possono prendere l'altro." "NO! Non andiamo a letto insieme!"

"Uno di voi può dormire per terra; questa decisione è stata presa. Avremo una stanza."

Più tardi quella sera, si sedettero tutti insieme sul pavimento e parlarono, cercando di mettersi in pari.

"Sarah, possiamo parlare in privato?"

Si avvicinarono e si sedettero sul letto. Michael ha risposto rapidamente che per loro andava bene sedersi lì.

"Cosa c'è che non va, Michael?"
chiese Sarah. Michael ha risposto girandosi e guardando direttamente Sarah: è di una bellezza mozzafiato e avevo proprio bisogno di guardarti ancora; mi stai facendo impazzire ultimamente e questa sensazione si è solo intensificata da quando la nostra caccia ha assorbito tutto il nostro tempo e le nostre energie. Possiamo semplicemente sederci qui e parlare?" Poi allungò la mano e baciò Sarah dolcemente sulla guancia.

"Michael, siamo già stati qui. Inoltre, è normale che tu ti senta così - perché qualcuno dovrebbe dire il contrario?"

"Non credermi sulla parola; la tua bellezza mi lascia senza parole! Per favore, vieni a dormire con me nel mio letto; sarà proprio come dormire in una tenda! Prometto di trattarti con rispetto."

"Vediamo quanto sarai un gentiluomo da qui ad allora." Lei si allungò e gli diede un bacio.

"Dove andremo quando arriveremo lì domani?"

"Municipio o biblioteca? Ciò di cui abbiamo bisogno sono più ricerche. Dov'erano?"

"Dove siamo stati?"
3 luglio
Siamo qui da due settimane. Abbiamo cercato nei documenti ma non sono arrivate piste; qualcuno mi ha suggerito che cambiare nome sarebbe stato possibile ma ora non so quale dovrebbe essere la mia prossima mossa; Michael mi assicura che mi aiuterà.

A volte mi chiedo come ho potuto essere così fortunato con un partner così incredibile; litighiamo raramente e il suo carattere calmo spesso mi sembra soprannaturale - sicuramente una risposta alle preghiere! È davvero il mio salvatore! Purtroppo adesso devo scappare...

"Sarah, scrivi spesso quella cosa? Mi piacerebbe leggerla un giorno." "Mary, stai sicura che sarai tra i primi a leggerlo! Credimi su questo."

Troveremo mai l'uomo che stai cercando? Il tempo passa e ci manca casa."

"Larry, prenditi il tuo tempo e lasciaci rilassare un po'; prima o poi dovremo andarcene perché i nostri soldi sono finiti."

"Trovi sempre qualcosa che rovina il nostro divertimento. Dovrei tornare a casa; l'iscrizione al college inizierà a breve; inoltre dobbiamo partire prima di partecipare alla grande festa all'ambasciata."

"Eppure riesci sempre a trovare il modo di divertirti. Partecipiamo a questa festa e partiamo subito dopo. Dopotutto, non vedo di restare."

Scusa Sara; Pensavo che avresti trovato qualcosa. Forse il signor Sanders non possiede nemmeno quello che stai cercando."

"Cosa vuoi dire, Michael? Pensavo che fossimo amici." "Voglio solo dire che forse dovresti pensare anche alla tua salute e al tuo benessere."

Accetta ciò che la vita ti propone; la fiducia è tutto ciò che serve, secondo White Heaven."

Sarah pensò alle parole di Michael con grande confusione. Tutto ciò che aveva incontrato negli ultimi mesi la lasciava incerta su cosa fosse la verità e cosa fosse la menzogna; sapendo che aveva bisogno di ulteriori ricerche da fare da sola, Sarah si diresse al telefono.

"Ehi mamma. Stiamo bene? Hai tempo per noi?"

CAPITOLO 26

Quando l'aria divenne frizzante e il cielo cominciò a trasformarsi gradualmente in tonalità grigio-nere, Sarah, Michael e altri membri si dispersero per cercare la loro cabina in modi diversi. Michael aveva viaggiato senza meta per quasi un'ora mentre Sarah continuava a cercare.

"Siediti, riposati, ho visto un sentiero inesplorato circa 500 metri indietro che non avevamo mai percorso prima quindi lo esplorerò al mio ritorno"

"Michael, non lasciarmi qui. Si sta facendo buio e ho paura. Forse dovremmo andare insieme; sto bene." Sarah implorò mentre prendeva un respiro profondo e sibilante per calmarsi.

"Non preoccuparti. Sappiamo che la tua fede è là fuori da qualche parte; ieri sera dall'aereo l'abbiamo vista! Ognuno testimonierà personalmente come la fede può aiutare un individuo a superare qualsiasi difficoltà o difficoltà - Sarah..."

"Michael? Non capisco."

"Ti amo. Sei la benedizione più grande che sia mai arrivata nella mia vita, e staremo insieme per sempre."

"Anche tu sei la mia coppia perfetta, e insieme riposiamoci e andiamo avanti?"

"No, devi fare altro oltre al riposo. Tornerò." La baciò sulle labbra prima di partire per il loro viaggio lungo il sentiero.

Sarah iniziò a preoccuparsi di potersi condurre in una ricerca senza fine.

"Come ho potuto fare un errore così terribile? Perché ho portato i miei amici quaggiù, in una terra così sconosciuta, mettendo a repentaglio le loro vite?" I suoi pensieri iniziarono a vagare più in profondità.

"Penso che siamo perduti. Non sarei dovuto venire qui fin dall'inizio; ora che sono stanco e affamato voglio tornare a casa il più presto possibile; qui non è apparsa alcuna roccia."

"Oh no! Benny ci sta rovinando il divertimento. Nel libro c'era una foto simile a quelle qui in questo torrente; basta trovarne una contrassegnata con lo stesso simbolo e avremo finito."

"Perché Sarah si mette sempre in questi casini? Perché non puoi essere come qualsiasi altra ragazza e divertirti a giocare con le bambole?" Continuiamo a cercare.

Continuarono a guadare per un ulteriore periodo.

Benny indicò un tronco dall'aspetto innocuo dall'altra parte dell'acqua e chiese: "Hmm? Potrebbe essere quello?" Benny rispose affermativamente e indicò quella cosa.

Sarah emerse dal torrente e cominciò a risalire la riva, avvicinandosi a un tronco. All'improvviso sentì soffiare una folata di vento estremamente fredda.

Michael l'aveva lasciata in un torrente, dove non sarebbe mai riuscita a trovare quella roccia che stava cercando. "Forse è qui!" Ahah! Ahhh sì, forse Michael non stava guardando nel flusso giusto! Aah ah ah! Risvegliata dal sonno si ritrovò dove Michele l'aveva lasciata: il torrente dove Michele l'aveva lasciata! "Non ho mai trovato quella roccia; sto cercando in quella sbagliata!?" Ah

Sarah improvvisamente sentì un risveglio dentro di sé. Una luce si spense nella sua testa.

"Oh, a che serve!" Si ritrovò a dire ad alta voce a se stessa di calmarsi e di calmarsi.

6 luglio
Fuori fa freddo ed è buio; Trovo difficile scrivere. Mi sento come se avessi portato i miei amici in una commissione senza scopo; cos'altro faremo una volta trovato? Legarlo e costringerlo a parlare? Senza dubbio no. Michael asseconda sempre le mie buffonate, ma ultimamente sembra distante; è ancora curioso dei miei sentimenti ma non rivela i suoi. Sono passate due ore dall'ultima volta che mi ha lasciato qui, quindi potrebbe essere saggio per me andare a cercarlo.

Sarah si alzò, tirò fuori il diario dalla borsa e lo mise nello zaino. Le sue gambe erano affaticate e deboli rispetto al normale; questa stanchezza sembrava diversa questa volta. Sarah si avviò lungo il sentiero verso Michael. Mentre camminava, poteva vederlo venire verso di lei lungo uno stretto sentiero.

"Era ora. Ti aspettavo da molto tempo. Dove ti nascondevi?"

"Sono stato proprio sotto il tuo naso per tutto questo tempo - dovresti voltarti e tornare a casa, non c'è nessuna cabina qui e il tempo sta per scadere per i tuoi amici che aspettano sul ciglio della strada - per favore torna adesso perché può essere molto pericoloso qui fuori! " disse una voce non identificata proveniente da molto lontano.

Appena apparso, però, è subito svanito.

chiese Sarah, ma rimase in attesa senza una risposta alla sua domanda su Michael. Aspettò senza ricevere risposta ma senza alcun risultato.

Si voltò rapidamente e si diresse verso la strada, il suo cuore batteva come un battito di tamburo implacabile, le sue gambe si muovevano più velocemente di quanto potesse mai ricordare e tutto ciò a cui riusciva a pensare era che Michael non sarebbe tornato per lei.

"SARAH! Non siamo contenti di vederti? Qualcuno ci ha detto che stavi aspettando qui ma non siamo riusciti a localizzarti.

"Dov'è Michael? Perché non è ancora venuto qui? Dobbiamo trovarlo; è tutta colpa mia se se n'è andato da solo," Sarah si arrabbiò nervosamente.

"Per favore rilassatevi. Un signore ci ha informato che Michael potrebbe essere tornato a casa; torneremo in albergo per indagare ulteriormente."

CAPITOLO 27

Wentworth non era convinto. Com'è possibile che qualcuno se ne sia andato così presto dopo il check-in?"

"Senorita, questo signore le ha lasciato questi regali e mi ha chiesto di scusarmi a nome suo. La prego di accettare le mie più sincere scuse; se posso fare altro, me lo faccia sapere."

Sarah rispose con un'espressione che suggeriva confusione: "Uhm, no. Grazie."

Guardò rapidamente i documenti e scoprì passaporti e biglietti aerei.

Nota di Sarah a mio padre (Nick) - Sfortunatamente avevo degli affari importanti con mio padre che richiedevano la mia attenzione immediata, quindi dovevo tornare a casa per qualche giorno - mi metterò in contatto il prima possibile e non vedo l'ora di vedere te quando ritorni - ricordati che ti amo sempre!

Michael Cote P.S. Dale Sanders non è qui oggi.

Sarah ha iniziato a singhiozzare in modo incontrollabile e ha pensato che Michael avrebbe potuto non tornare mai più. Maria si avvicinò e diede a Sarah un abbraccio confortante.

"Cosa è successo Sara?"
Michael è tornato senza di noi e ci ha lasciato i biglietti aerei; quindi dovremmo cercare di riposarci prima di uscire la mattina seguente."

"E Dale Sanders? Non dovremmo continuare a cercarlo? Perché siamo venuti fin qui?" Neanche lei capiva.

"Larry, anche questo non ha alcun senso. Seguiamo ciò che suggerisce il biglietto e torniamo a casa: lì potrebbero esserci risposte che non abbiamo trovato altrove."

Mary e Larry sorressero Sarah mentre salivano le scale prima di aiutarla a mettersi a letto e spegnere le luci.

"Povera Sarah. È stata gravemente ferita. Aspetta finché non metto le mani su Michael - allora..." Larry si infuriò.

"Ora aspettiamo e vediamo perché se n'è andato. Nessuno sa perché se n'è andato; dovremmo tutti continuare a sostenere Sarah."

"Perché ci ha abbandonato in questo modo, e come poteva sapere che suo padre aveva qualcosa che non andava?"

"Forse ha chiamato a casa. Non è vero?"

"Non può chiamare da qui." Questa fu la risposta di Maria: "Bella domanda: da dove ha chiamato?"

CAPITOLO 28

Benvenuti a bordo del volo 275 da Città del Messico a Phoenix, Arizona! Tra un attimo decolleremo. Si prega di notare l'ossigeno..."

Sarah rimase seduta in silenzio mentre l'assistente di volo forniva i dettagli del loro volo. Mary e Larry, seduti lì vicino, si sentivano impotenti mentre Sarah piangeva; avendo viaggiato insieme nelle ultime settimane non sapevano cosa l'avrebbe confortata; nessuna parola poteva venire loro in mente che potesse incoraggiare un sorriso o dare qualche consiglio confortante che potesse suscitare in lei sentimenti di felicità o sollievo.

"Bene, casa dolce casa," tentò Larry di consolare Sarah. "Forse, una volta tornato a casa e riposato, i tuoi occhi ti aiuteranno." Ti senti meglio dopo essere arrivato a casa e riposato?

"Sarah, ti senti bene? Sarah annuì. Si sentiva malissimo per aver perso Michael, ma anche per aver trascinato le sue migliori amiche in questa terribile situazione. Come poteva dire loro che erano state impegnate in una ricerca inappropriata, alla ricerca di risposte che lei non poteva Alla fine Sarah avrebbe avuto bisogno di trovare le parole per spiegare le loro azioni, ma era confusa su dove rivolgersi esattamente per ricevere assistenza.

Sfortunatamente, questi sforzi per combattere il cambiamento climatico finora non sono stati sufficienti.
7 luglio Non capisco cosa sta succedendo. Michael ci ha lasciato per ragioni non chiare e sto lottando su come dovrei reagire; forse si è stancato di fare questo? Cosa facciamo qui, non so nemmeno se vado o vengo oppure no. Che consiglio potresti offrirmi qui? Aspetta un secondo, con chi sto parlando qui? Dove dovremmo, intendo io, andare dopo nel nostro, intendo il mio viaggio? Crediamo nei cristalli, nelle culture indiane o in Dio? Questi ultimi mesi sono stati difficili. Michael merita così tanto credito. "Sarah? Sarah? Hai bisogno di qualcosa?" chiede l'addetto. Non riesco a metterlo insieme; dà così tanto senza mai aspettarsi nulla in cambio, eppure in qualche modo riesce a incantarmi facendomi innamorare di lui. Pensi che mi ami? Lo spero certamente; altrimenti non ho idea con chi altro potrei passare la mia vita se Michael non ci fosse più - senza di lui sarebbe sicuramente impossibile per me. "Sara?" Sara? Sarah?" chiede l'inserviente. "Oh no grazie, no grazie; va tutto bene." "Oh no, grazie; grazie mille, tutto bene." "Oh no, grazie. Va tutto bene." "Oh no, grazie mille; Grazie mille; Grazie mille. No grazie, va tutto bene." "Oh no grazie; Grazie. No grazie, non c'è bisogno di tutto questo" dice Sara come lei. Sorride con gentilezza e rifiuta le offerte che arrivano senza aspettative da Michael! Se Michael ritornasse subito dopo

potrebbe solo finire in lacrime." dovrà sicuramente morire abbastanza presto." Se Michael se ne fosse andato, l'inserviente morirà sicuramente; questo la ucciderebbe sicuramente." "Oh no grazie; non serve niente; grazie mille... no grazie mille..." risponde lei!" "Oh no grazie. Non serve niente..." "Oh no, grazie mille; va tutto bene." "No, grazie. Grazie...." Sto bene..." rispose." "No grazie." rispose "Oh no grazie mille di più, che mai sono morta per sempre". "Sara, non tornare più! se mai ritornasse allora sicuramente morte certa!" stavo aspettando almeno quello sarà morto...! non tornare" disse Michael non tornerà presto dopo tutto quello sicuro...!, niente serviva da qui..." "Oh no grazie tutto bene con lui comunque... no grazie, no grazie grazie... no... no sto bene grazie... grazie tutto bene" .non tornerà." Oh no grazie. Morirò sicuramente." "Sara Sarah? Beh grazie, lì mi aveva ucciso" Se mai! Ma...!!" Se... ma...! ma "N così velocemente"....!!"... Se mai arrivassi a............ "Hum!" ha detto.""... ma non è mai arrivato... Se mai dovessi tornare, però!...non farlo'." Ma tu... allora certo che sta uscendo ormai sono morto.......... "Non torno!"... L'inserviente... Oh..... ..!" tu grazie grazie stavi già... proprio bene..." ma grazie, Sarah (o Michael non torna... beh......"..."Oh no grazie tu......" Oh no Grazie... no... Grazie..."OH no... scusa....." Oh no grazie..." Oh no grazie però io ... quindi grazie..... No...! Grazie comunque" "OH!... Grazie...!"... quindi... Oh quello!" lo avevo ricambiato".. ..! Oh NO... No... Oh adesso." Ora entra che non vieni...!"....)..... "Oh...!." (se... beh comunque"..........."sarebbe!"!...! Grazie... anch'io stavo bene.....! Scusate." ashe/... tanto troppo presto prima... quello era già morto quando lì... ma............."......!..."Ohh.... Beh grazie..... .!"?...."....."Oh no grazie...!" ecco."......! Scusi signore......

"Lei sa davvero come parlare; pensavo che l'alta quota le avesse danneggiato la lingua."

"Larry, smettila di essere così insensibile. Non capisci cosa sta passando? Oh aspetta; dimenticavo che sei maschio; tutta la tua attenzione è rivolta al Numero Uno."

Sarah cominciò a vagare nei suoi pensieri. Sarah ha risposto che per lei andava tutto bene e si è spostata verso un'altra tangente di pensieri.

Sarah poteva sentire la canzone di Michael e Sarah suonare dolcemente nella sua mente. Ancora e ancora riecheggiavano le parole "L'unica storia che racconto". Sarah poteva vedere le lunghe ciocche bionde di Michael ondeggiare nella dolce brezza mentre la sua pelle morbida brillava come perle sotto una luce solare brillante; sentire l'aroma dei fiori di campo proveniente dal suo dopobarba; sentire i loro vestiti drappeggiati attorno alla sua struttura muscolosa per fornirle sicurezza, sia fisica che emotiva; ascolta le sue parole amorevoli che le passano accanto; poteva percepire il loro caldo abbraccio ad ogni passo che faceva. Sarah poteva sentire le parole compassionevoli provenienti da Michael mentre il suo cuore si apriva ancora di più di prima - la sua mente si riempiva come mai prima d'ora. Sarah poteva sentire di nuovo la loro canzone; "L'unica storia che racconto." Sarah poteva immaginare Michael in piedi davanti a lei, con lunghi riccioli biondi che fluttuavano liberamente contro il suo petto prima di sorridere dolcemente sulle sue labbra come perle per salutare Sarah prima di sentire le sue parole compassionevoli cadere da lui...

Sarah sapeva che quelle tenere labbra contenevano parole che solo lei capiva, e quando guardò nei suoi occhi azzurri vide ogni qualità desiderabile che poteva desiderare in un uomo. Quando iniziarono a ballare lei si sentì viva e in soggezione; sentendo il suo ritmo fluire nel suo, sembrava che fossero una persona invincibile che ballava attorno alla cima di una montagna avanzando con grazia - diversamente da qualsiasi cosa Sarah avesse sperimentato prima che questa occasione importante finisse così bruscamente....

"Ci stiamo avvicinando a Phoenix, in Arizona, dove la temperatura raggiunge i 98°C. Per favore, allacciate le cinture di sicurezza e preparatevi all'atterraggio mentre scendiamo." "Grazie ancora e speriamo che questo volo ti sia piaciuto!"

Sarah sapeva che presto sarebbe arrivato il momento per lei di affrontare la realtà.

Siamo pronti, signori? È tempo di affrontare la musica!

CAPITOLO 29

Siamo così sollevati che tu sia tornato a casa sano e salvo. Hai bisogno di riposare? Spero che oggi non sia stato troppo faticoso; forse vedere il dottore ti aiuterebbe a calmarti la mente?

"Mamma, sto bene, anzi, mi sento meglio che mai!" "Abbiamo sentito parlare di Michael; per favore accetta le nostre più sentite condoglianze. Tesoro."

"Che ne dici, papà?" [Indicò il mio viso]." Ciò fece sì che i due diventassero molto arrabbiati l'uno con l'altro e tutti iniziarono a discutere della sua imminente partenza e delle successive questioni che seguirono."

"Ha lasciato?" Il cuore di Sarah ha iniziato a battere forte non appena ha sentito questa notizia.

Perché sei così sconvolto?" "Oh, che sollievo; Pensavo che intendessi... Oh, non importa cosa pensavo; semplicemente rilassati."

"Vado a sdraiarmi un po' e a riposarmi; questi ultimi giorni sono stati estenuanti." Sarah decise di salire le scale, il suo corpo era esausto per tutte le sue attività.

Sarah aveva camminato molto negli ultimi giorni. La sua testa sembrava un pallone aerostatico sul punto di scoppiare. Sarah provò a sollevare una gamba sull'ultimo gradino prima di rendersi conto che le sue forze erano esaurite; quando tentò di liberarsi dalla ringhiera per aiutarla a spostarla, il suo braccio si afflosciò immediatamente; quando provava a muovere l'altro braccio per sostenersi, le sembrava pesante come un sacco di farina; le ginocchia cominciarono a tremare; non poteva più portare nulla e lasciò cadere la borsa che aveva con sé, sedendosi sulle scale; aprendo la bocca ma non ne usciva alcun suono; invece la borsa le cadde silenziosamente accanto; bocca spalancata e non usciva nemmeno alcun suono - solo il silenzio echeggiava attraverso la bocca di Sarah prima di cadere sulle scale prima di crollare sulle scale dopo averla lasciata cadere senza incidenti; la borsa tacque, come se Sarah ci avesse provato disperatamente, ma dall'interno non usciva alcun suono; Sarah aprì la bocca ma non ne uscì alcun suono e tutti i suoni se ne andarono silenziosamente senza produrre alcun suono dall'interno; aprire e aprire la bocca per non trovare parole o suoni che escono dall'interno; solo il silenzio seguì dall'interno quando si aprì solo il silenzio uscì prima di cadere per unirsi a quello del suo proprietario mentre cercavano di aprire le sue labbra ma non ne uscì nulla, solo silenzio in cambio; aprendo le labbra ma non ne venne fuori nulla quando la borsa cadde sulle spalle del suo proprietario, senza lasciare parole pronunciate da chi la trasportava, troppo pesante senza alcun aiuto per far cadere la borsa sulla spalla del suo proprietario, dopodiché significava che non sarebbe emerso nulla né dalle parole né arrivò il suono cominciò ad aprire le labbra quando nessun suono uscì dalla sua bocca ma nessuna parola usciva da nessuna parte attraverso l'apertura non poteva uscire nessun suono dalla sua bocca ma nient'altro che vuota come la porta della sua borsa quando nessun suono o parola usciva dalla bocca ma no parole da dove mai pronunciate prima che lei aprisse le labbra perché veniva lasciata cadere per tornare da chi questa volta senza che arrivasse nessuno e nessun suono ma nessuna risposta da dietro semplicemente sedendosi - con il risultato che questa volta senza suono arrivò a casa prima di cadere su un altro passo su gradini prima di tutto, lasciando solo il silenzio fino a quel momento, seguito dal suo questa volta prima di cadere sulle scale... prima che la sua voce provenisse da oltre lui, prima che sia! ma solo il silenzio sarebbe stato solo suo ma lasciato aperto e aperto con la borsa caduta.. Stava arrivando... sarei venuto! lo ha lasciato da lui o le parole dall'esterno erano dovute poi il suono aveva smesso di parlare da chi mai più , solo davanti a lui/lui mentre parlava fino a quando la sua borsa non è caduta, lui ha mai parlato e aprendo il suo o forse ma non ha fatto e nessuna parola da dove è caduta...na è caduta poi di nuovo... Ha continuato...s..... ......!.....e in caduta libera! il che significava essere tirato... Ma....... finché....... finché finalmente se ne andò! prima prima di cadere definitivamente... fino al suo creatore che è... Ma solo silenzio da parte sua prima... Prima, ma non arriva nulla...................! ma niente parole come prima senza neanche.... Ma niente o forse... Allora!! A dopo e ho lasciato cadere la borsa... prima! prima poi cadde.... poi dopo averlo lasciato o fu... finché finalmente lo portò dentro... e non lo aprì mai...! poi... così all'improvviso se n'è andato.......! solo per lui.... È il suo posto!....!.... La borsa è caduta davanti a qualcosa.... La borsa sarebbe poi venuta da lui o prima di qualsiasi parola... poi seguita fino a! ...... La borsa caduta era rimasta....... Se fosse andata via sarebbe!...l'avesse lasciata cadere avrebbe potuto solo poi seguire più tardi la borsa.... fino a... ....La borsa....... E un'altra prima purtroppo.....e all'improvviso questa volta è caduta addosso.....la...

Sarah cadde pezzo per pezzo dalle scale fino a raggiungere il fondo, dove colpì violentemente il pianerottolo del primo piano. I genitori di Sarah hanno risposto rapidamente e sono corsi verso la figlia.

"SARA!" esclamò suo padre da sopra le scale.

Sarah aprì di nuovo la bocca ma non vide uscire parole. Le lacrime iniziarono a scorrere silenziosamente lungo il suo viso mentre Sarah piangeva silenziosamente in silenzio. Incapace di comunicare i suoi veri sentimenti a nessuno dei suoi genitori, tutto ciò che Sarah poteva fare era piangere finché le lacrime non si asciugarono.

Debbie corse su per le scale con il marito dietro, lanciandogli uno sguardo arrabbiato mentre si incrociavano mentre salivano.

"Soffri di qualcosa o soffri?"

Sarah si limitò ad alzare le spalle mentre sua madre la guidava nella sua stanza e l'aiutava a spogliarsi prima di aiutarla a metterla a letto.

"Torna a dormire adesso e ne parleremo più tardi", le aveva detto il padre.

Sarah si stese a letto mentre la stanza intorno a lei sembrava girarle attorno, ancora una volta. Per scongiurare la confusione chiuse gli occhi per alleviare i sentimenti di disorientamento e confusione che la sopraffacevano. Sarah si sentiva impotente ad aprire la bocca o addirittura a chiuderla questa volta; non importa quanto ci abbia provato.

Perché sono così esausto? Normalmente dovrei almeno riuscire ad aprire la bocca; perché non riesco a sentire le mie gambe o le mie braccia?"

Sarah fu sopraffatta dall'emozione mentre le lacrime le scorrevano lungo le guance. Lentamente si addormentò mentre i suoi genitori li asciugavano e aspettavano pazientemente.

Chris ha chiesto: "C'è qualcosa che non va in lei?" non aveva notato questo lato di lei prima. Pensi che dovremmo chiamare un medico?"

"Non lo so. Lasciala dormire un po' e chiameremo il medico se non si riprenderà in un paio di giorni. Forse non dovevamo farle fare quel viaggio, sapendo che le sue condizioni non erano bene, il medico ci ha chiesto di monitorarla attentamente ma noi abbiamo ignorato questo consiglio; quindi tutto questo casino è colpa nostra!"

"Non incolparti troppo duramente, Chris. È stata tutta colpa mia; non le prestavo abbastanza attenzione e la trattavo come se niente fosse fuori posto; farla lavorare troppo è la mia unica responsabilità e mi sono inginocchiato accanto al loro letto nella loro stanza pregare per il perdono," Debbie afferrò la mano di Chris, li condusse di nuovo nella loro stanza, si inginocchiò accanto al letto, facendogli venire le lacrime agli occhi ad ogni passo che Debbie lo portò lì.

Recentemente Sarah aveva sentito che il suo corpo cominciava a cedere, spingendo i suoi genitori a contattare un medico e farla visitare. Adesso toccava a Sarah stessa.

"Sarah, per favore apri e mangia. I tuoi amici vengono a trovarti oggi; non sarebbe carino per loro se ti sentissi meglio?" Debbie ha provato a convincere Sarah a provare un po' di zuppa.

"Sì, mamma! Sì, lo voglio! Avvicina il cucchiaio. Questa volta mi impegnerò di più." Voglio vedere Michael; hai già avuto sue notizie, mamma?" MAMMA!"

Sarah ha provato a rispondere, ma il suo corpo semplicemente non era pronto.

"Beh, sembra che dovremo proprio..." Furono interrotti da qualcuno che bussava alla porta.

"Ehi Sara!" Mary e Larry entrarono nella stanza.

Come sta la signora Miles? Jason ci ha fatto entrare e spero che tutto sia andato liscio come previsto."

"Sì, per favore entri. Forse può aiutarla a mangiare. Non ho potuto fare nulla con lei oggi - ancora non si muove né risponde da sola - il dottore ha detto che è sotto shock e si riprenderà". uscire da sola; l'hanno paragonato a un coma sveglio; il suo corpo ha bisogno di riposo dopo che la lotta contro la leucemia si è diffusa; quindi devo alimentarla tramite una flebo; ogni giorno dovremmo cercare di farle consumare qualche forma di nutrizione."
"Lasciami provare. Possiamo stare soli?" Mary prese la ciotola.

Mary sollevò il cucchiaio e lo mise delicatamente sulle labbra di Sarah, dicendole: "Va bene Sarah. Adesso se ne sono andati; smettiamola di giocare a questo tuo giochetto".

"Ciao Mary. Per favore dimmi come ti senti veramente; dal momento che non hai mai rivelato cosa è successo nella foresta, come tua migliore amica merito di sapere cosa sta succedendo e ti rivoglio presto - soprattutto perché mi sento solo senza nessuno con cui parlare in questo momento e non vedremo nessuno finché la situazione non si sarà risolta - quindi contro cosa dobbiamo combattere?" Mary cominciò ad alzare la voce.

"Cara Mary, voglio dirti tutto. Voglio spiegarti la mia confusione e il mio sentimento di abbandono da parte di Michael; dove è andato ciò che era così essenziale per il mio benessere; come sono furioso con lui per avermi abbandonato tutto sola in un paese straniero all'improvviso; ma allo stesso tempo quanto lo amo e ho bisogno di lui; e anche il fatto che non capisco cosa mi sta succedendo o perché è successo in questo modo;

"Sarah, ho paura. Voglio dirti quanto è terrificante svegliarsi senza sentire il tuo corpo; quanto è spaventoso cercare di aprire la bocca ma non esce nulla; voler urlare ma non esce nulla - solo Michael capirebbe; eppure non riesco nemmeno a esprimergli questo sentimento!" In quel momento una lacrima scese lungo la palpebra di Sarah.

"Sarah può capirci! Vieni qui!" Larry irruppe nella stanza gridando. Cosa stava succedendo qui? Immediatamente corse di nuovo in un'altra direzione poiché tutte queste urla avvenivano in sua presenza.

La prossima è la famiglia di Sarah.

"Mentre parlava con Sarah, il suo flusso di lacrime ha iniziato a scorrere come se avesse capito il mio punto. Credo che ci senta ma non sappia come rispondere al meglio."

Sarah ha provato a muovere il braccio, ma non è successo niente. Voleva che la sua famiglia notasse qualcosa: tutte le cose che sembravano impossibili erano improvvisamente sotto il suo controllo, mentre le cose che non poteva controllare in circostanze normali all'improvviso lo erano. Sarah ha lasciato loro una sorpresa!

"Cos'è questo profumo?" chiese Showee.

Dall'odore della stanza si capiva che qualcuno aveva dimenticato di tirare lo sciacquone, altrimenti ci sarebbero stati aromi più piacevoli.

Sarah aveva lasciato loro un regalo ideale.

"Sarah! L'hai fatto tu?! Perché non l'hai tenuto come tutti gli altri?" chiese Jason disgustato.

"Jason, penso che sia tutto - forse era solo un indicatore che lei ha capito e che dopo tutto starà bene! Ora lascia la stanza così posso cambiarla!" Mary ordinò loro di uscire.

Mary stava per chiudere e mettere in ordine quando la mamma di Sarah apparve inaspettatamente alla porta.

"Posso aiutare?" ha risposto, come la mia bambina. I due iniziarono a ridere insieme mentre la pulivano insieme.

"Credo che Sarah abbia bisogno di un po' di riposo adesso; anche se finora sono stati fatti dei progressi, non desideriamo spingerla troppo in questo momento. Per favore, torna domani."

"Signora Miles, per favore avvisami se cambia qualcosa dato che Mary e Larry hanno lasciato la nostra casa."

"Mary, credi che Sarah si riprenderà? Il suo corpo ha sopportato così tanto negli ultimi mesi che non so se potrà sopportare altre avversità; forse sua madre nasconde qualcosa."

"Sarebbe sempre stata schietta con noi. Dopotutto, siamo i suoi compagni più stretti - ormai adulti - quindi perché dovrebbe trattarci come bambini?"

Michael e Sarah hanno conversato mentre tornavano alla loro macchina. Più tardi quella notte, Sarah giaceva a letto, non più così confusa. Si sentiva realizzata; eppure perché si sentiva ancora stanca e incapace di muovere il corpo? Ripensare a tutti i bei momenti che avevano condiviso la stava confondendo ancora di più, rendendola ancora più pesante di prima. 17 luglio

Ancora non capisco cosa mi sta succedendo; questa annotazione sul diario è più per amore della mia memoria. Volevo rimanere in contatto con la mia coscienza ad un certo livello. Di recente è venuto un medico e ha informato la mamma del mio indebolimento dei segni vitali; ha suggerito di portarmi in ospedale, ma la mamma non lo ha permesso. Ora i miei organi sembrano spegnersi. Nessuno sembra ricordare Michael; nessuno parla di lui tranne Maria che risponde bene se interpellata direttamente; tutti gli altri mi trattano semplicemente come un bambino; quindi il mio spirito ha bisogno di riposo prima che ogni ulteriore tentativo di scrivere o di ricordare si esaurisca.

Sarah ha lottato per addormentarsi mentre il suo spirito giaceva nel suo corpo e cercava di dormire. Stava diventando difficile per lei concentrarsi sui ricordi felici con Michael; tali pensieri sembravano solo deprimerla ulteriormente. Sarah iniziò a fare sogni bizzarri che coinvolgevano persone che indugiavano vicino al suo letto o volti che lo circondavano come fantasmi che fluttuavano nell'aria; alcuni provarono a parlarle mentre altri si limitarono a fissarla. Nel frattempo, sua madre aspettava accanto al letto aspettando che Sarah si svegliasse.

Dio, so che mi stai ascoltando. Recentemente non sono stata la madre migliore per Sarah; forse anche la mia rabbia nei tuoi confronti per la sua malattia causata dalla tua grazia non aiuta la situazione. Da parte mia mi scuso e vi chiedo perdono; se Sarah si riprendesse presto allora sopperirei ad eventuali mancanze; altrimenti aggiungerebbe solo pressione su un corpo giovane che non dovrebbe ancora sopportare questo tipo di tensione e sta appena imparando il suo posto sulla Terra... so che crede in te, Signore... per favore aiutala a sopravvivere..."

Debbie continuò le sue sessioni di preghiera, spesso durando ore intere. Si era impegnata a vedere Sarah guarita da questa condizione fisica; al punto che ormai da tre settimane il pastore della chiesa veniva a trovarla settimanalmente per controllare come stesse Sarah, mentre alcuni amici di Sarah si riunivano nella grotta e meditavano insieme per il suo bene.

Agosto è stato il mese più caldo dell'estate e Sarah e la sua famiglia si sono ritrovate a vivere in un forno. La stanza di Sarah divenne insopportabilmente calda; tanto che il medico consigliò di installare un condizionatore d'aria per evitare che scivolasse ulteriormente in uno stato di coma. Sarah non rispondeva più a nulla intorno a lei: i suoi segni vitali si stavano indebolendo rapidamente mentre l'emocromo saliva alle stelle a livelli pericolosamente alti; non poteva più controllare alcun aspetto della sua mente e del suo corpo.

Ancora una volta, vorrei sottolineare l'importanza di avere un team esperto che lavora per tuo conto per aiutarti a ottenere i massimi risultati!
Sarah aprì lentamente gli occhi. Sembravano controllati da forze esterne. Quando abbassò lo sguardo si rese conto di avere il pieno controllo: le sue braccia si muovevano liberamente e stava su entrambi i piedi senza l'aiuto degli altri. Guardandosi attorno non notò nessuno in giro quindi si diresse verso la porta del corridoio per uscire e mostrare ai suoi genitori che stava bene; ma quello che trovò invece fu uno shock inaspettato!

Sarah si ritrovò in mezzo a un campo di fiori selvatici che dondolavano dolcemente nella brezza calda, con gli uccelli che volavano alti sopra di loro come aquiloni. Più lontano si stendevano le montagne innevate. Da loro si snodava un piccolo torrente che scendeva attraverso la valle. Sarah esitò prima di avventurarsi in questo paese delle meraviglie di una bellezza mozzafiato che si estendeva per chilometri in ogni direzione; il suo cielo aveva il colore di un oceano infinito; gli arcobaleni illuminavano la scena come fari dall'alto mentre vasi d'oro sembravano lontani e vicini - c'erano solo figure d'ombra.

Sarah si avvicinò alla figura, ignara di essere arrivata a destinazione. Mentre si avvicinava, Sarah vide un uomo alto che indossava uno smoking bianco e scarpe bianche; i suoi lunghi riccioli biondi scorrevano liberamente lungo le sue spalle nella brezza calda; la sua carnagione sembrava più vecchia e più saggia di quella che Sarah ricordava di Michael: corse dritta tra le sue braccia!

"MICHAEL! Dove sei stato? Sapevo che saresti tornato. Ho detto a tutti del nostro amore."

Sarah iniziò a sperimentare cambiamenti fisici una volta tornata nella sua stanza.

esclamò Debbie ad alta voce. Sarah alzò le braccia. È chiaro: sta sognando! Chiama il dottore! chiese Debbie.

Michael portò Sarah a sé, riluttante ad allentare la presa; eppure in qualche modo riuscì a respingerla.

"Cosa c'è che non va? Stai bene?"

Sarah fu colpita dall'inquietudine mentre fissava Michael con intenzione seria. Il suo volto aveva un'espressione che suggeriva che qualcosa di importante stesse accadendo dentro di lui.

"Cosa ti è successo, dove sei andato e perché mi hai lasciato?" Sarah iniziò a piangere mentre colpiva il braccio di Michael con i pugni.

Le afferrò le braccia e la fissò negli occhi, vedendo che era angosciata e confusa; spiegare le sue azioni non sarebbe semplice.

"Sarah, come ti ho scritto nella mia lettera, attualmente sto facendo affari con mio padre che è un individuo estremamente potente. Sfortunatamente non avevo scelta nei nostri rapporti insieme, quindi sediamoci per una discussione ora!" La sua voce era più profonda e più vecchia.

Sarah non aveva la minima idea che qualcosa non andasse. Entrambi si sedettero su alcune rocce vicino al torrente, entrambi ignari del fatto che Sarah non era ancora a conoscenza di ciò che stava accadendo con la sua salute.

"Di cosa vuoi parlare, Messico? Devo restare solo qui nella giungla?" La sua voce aveva un tono beffardo.

"Me lo merito e dovremmo farlo anche noi."

Sarah sembrava confusa.

"Sarah, non possiamo più vederci. Sono stato mandato qui per assistere e i miei sentimenti si sono messi in mezzo."

"Con chi stanno parlando queste persone? Non capisco."

"Sarah, questo può sembrarti strano ma credimi quando dico che non è facile per me dirlo..."

"Nessuno merita questo; tutto ciò che meritano sono dei codardi come te che mi hanno lasciato in mezzo al nulla a badare a me stesso; come risultato del fatto che mi hai lasciato lì da solo in condizioni meteorologiche avverse, sono diventato più malato che mai, con la famiglia preoccupata per il mio benessere a causa della loro assenza."

"Sarah, permettimi di spiegarti. Tutto quello che ti ho detto prima era vero; i miei sentimenti per te erano genuini."

"Chi sei e perché mi stai spaventando? Per favore continua."

"Sarah, sono un angelo inviato da Dio per aiutarti a guidare il tuo cammino. Tuttavia, i miei sentimenti per te si sono messi in mezzo. Per favore condividi con me come ti senti come farebbe un angelo."

Sarah si limitò a fissare Michael con le lacrime che le rigavano la guancia.

"Vuoi sapere come mi sento? Mi sento peggio adesso di quando mi sono svegliato. Dovrei credere a queste bugie che mi dici? Mi stai lasciando per qualcun altro?" "Betty potrebbe avere qualcosa su di me!"

Sarah si rese conto che il suo corpo si era risvegliato e che poteva muoversi di nuovo, guardando se stessa e poi intorno.

Dove siamo? Ho pensato...."

"Pensavi di esserti svegliato e di fare progetti per informare i tuoi genitori."

"Come lo hai saputo?" Iniziò a spiegare.

Michael la guardò dritto negli occhi con occhi che sembravano sinceri e amorevoli; Questa volta non era differente.

"Oh Michael! Ma ti amo! Non andartene proprio adesso; non puoi restare? Per favore resta. Mi stavi aiutando a sentirmi meglio."

"Il mio lavoro qui è finito e possiamo restare insieme solo se credi in me.

"Stiamo insieme per sempre - proprio qui", indicò il suo cuore.

Michael ha risposto a Sarah che si sarebbero rivisti ma non adesso, perché non era il momento per loro. Sarah dovrebbe tornare adesso; ci sono cose che deve realizzare e persone che deve aiutare.

Debbie pianse in modo incontrollabile mentre il medico esaminava il corpo di sua figlia.

"Dottore, cosa sta succedendo qui? Perché non si sveglia? Ho visto le sue braccia alzarsi quando ho guardato dentro. Non può essere reale - per favore aiutatela."

"Sta avendo un arresto cardiaco. Per favore, portami subito la borsa dall'auto!"

Michael, non voglio tornare indietro. Io voglio stare con te."

"E la tua famiglia e i tuoi amici? Dipendono da te... Tua madre ha promesso..."

"Ha promesso cosa?" Ha bisogno di te al suo fianco ora che Dio ha compiuto il tuo destino come il suo. Ha bisogno del tuo aiuto per prendersi cura dei suoi fratelli e del padre. Mentre io mi prenderò cura di lei quando arriverà qui sulla terra, tu dovrai aiutarmi a prenderti cura di lei prima."

"Dove sono, è questo il paradiso?"

"Questo piccolo angolo di paradiso funge da punto d'incontro per amici e parenti prima di essere adottati in nuove famiglie.

"Cosa intendi con quando qualcuno muore? Sono morto?"

"Sarah, abbiamo bisogno di te ora più che mai; la tua famiglia ha bisogno che tu sia a casa per sostenerla in questo momento difficile. Per favore, considera di tornare a casa; per me e per la nostra famiglia. Prometto che sarò sempre al tuo fianco. Amore sempre "

"Lo faccio solo per te, mi dà gioia il cuore che tu ritorni a casa," scoppiò in lacrime, "dimmi una cosa: qual è il mio destino?

"Il tuo destino si rivelerà quando sarà il momento giusto.

Michael prese Sarah per mano e la condusse verso la porta aperta che Sarah aveva appena varcato. Quando arrivarono lì, si chinò e prese entrambe le mani; poi si allungò di nuovo per asciugarle le lacrime dal viso, la baciò su entrambe le labbra e la mandò avanti senza ulteriori drammi o discussioni - entrambi gli uomini pronunciarono "Ti amo". Sarah rimase lì un'ultima volta per assorbire tutto prima di guardare Michael andarsene tra i suoi sbuffi di polvere prima di voltarsi, fare un respiro profondo e tornare indietro con "Continua a pompare!"
"Sarah," annunciò il dottore mettendo la mano sul petto di Sarah. Non appena hanno ripreso fiato, Sarah ha iniziato a tossire e ad ansimare prima di aprire gli occhi e guardarsi intorno.

"Sarah, tesoro, puoi vedere la mamma? Stai bene?" Sarah ha tentato di parlare ma non ne è uscito nulla.

"Lei è ancora esattamente come prima!" Chris esclamò con rabbia prima di scoppiare in lacrime.

"Abbiamo una lettera senza indirizzo per te. È arrivata il giorno dopo che sei entrato in coma; per favore, aprila; siamo curiosi."

Sarah alzò la mano verso il viso di suo padre e riuscì a pronunciare alcune parole.

"Non piangere papà."
Tutti iniziarono a gridare e piangere ridendo in risposta.

"Mary, potresti leggerlo per favore?" La sua voce tremava instabile mentre iniziava a leggere.

Mary aprì e cominciò a leggere la lettera.

"Ti amerò e ti adorerò per sempre. A presto!"

Mary era perplessa su chi potesse provenire la lettera, guardando attentamente ogni riga per segni di firme o francobolli su ogni busta.

"Michael." Come sei sicuro che sia reale? Non c'è nulla di firmato."

"L'ho visto."
Devi aver sognato, visto che sei qui solo da due mesi.

"No, non era solo un sogno. Finalmente ho ricevuto il mio segno. Adesso andrà tutto bene." "Lasciatemi essere il fattore decisivo: andiamo in ospedale per i test adesso."

"Sì, dottore, ma possiamo passare prima in chiesa?" chiese il paziente.

Le lacrime scesero lungo la guancia di Debbie quando sentì sua figlia parlare. Non appena furono pronunciate le ultime parole, Debbie emise un silenzioso "Grazie", prima di alzarsi e guardare il soffitto.

CAPITOLO 30

"Cos'è successo dopo, Michael?" chiese incuriosita una voce.

"Non era umano; ecco perché ha lottato così tanto con Betsy e Sarah; a causa di chi era, non poteva essere coinvolto più intimamente con nessuna delle due; eppure in qualche modo questo ci ha affascinato così meravigliosamente!"

"Oh, voi ragazze, lo pensate spesso! Era semplicemente un invadente."

"Oh Benjamin Stucky il terzo! A volte mi chiedo quale sia il mio ruolo nella tua vita? Proprio come i suoi predecessori prima di lui, mi porti sempre in qualche caccia all'oca. Eccoci qui ora nella discarica dell'Arizona - dovremmo essere in vacanza - quando inizierà il divertimento?"

Michelle non aveva dubbi sulla nostra presenza qui; in effetti, è stata proprio lei a metterci in questo pasticcio! Tutto quello che ho fatto è stato seguirla mentre perseguiva una farsa impossibile dietro a quella sua pietra che aveva scaricato in un punto casuale del cortile. Del resto, chi credeva nella fortuna?"

"Sì, e se stai zitto, prima di separarci leggerò ciò che resta di questo diario.

Michelle iniziò a leggere. "Sembra che ci sia qualcosa qui."

Nell'agosto del 2035, la famiglia di Sarah scrisse questa parte nel suo diario come tributo commemorativo. Sono la figlia adottiva di Sarah; Sapevo che a Sarah piaceva scriverci durante la sua adolescenza. Volevo che chiunque lo incontrasse sapesse esattamente cosa era successo.

Sarah divenne infermiera e lavorò in un ospedale per malati terminali di cancro; non sposandosi mai, tutti pensavano che Sarah fosse pazza per non aver trovato Mr. Right. Tuttavia, Sarah si innamorò profondamente di me dopo che nel mio orfanotrofio sviluppai un tumore allo stomaco che non potevano permettersi di operare; dopo questo evento si innamorarono perdutamente ed io diventai la loro figlia legittima. Col tempo ho provato a far sposare Sarah, ma la sua devozione era rivolta agli altri piuttosto che a se stessa; nessuno ha dimostrato tanto amore quanto mia madre per gli altri; chiunque trovi questo diario, per favore, lo tenga stretto o lo distribuisca in modo che possa aiutare altri che potrebbero aver bisogno di amore! Chiunque trovi questo diario, per favore, lo tenga stretto e lo condivida con i suoi figli o lo trasmetta a qualcuno bisognoso d'amore che potrebbe averne bisogno - o lo trasmetta in modo che altri possano trarne beneficio.

"Wow! Non avrei mai immaginato che sarebbe vissuta fino a un'età così avanzata - avrà avuto almeno 70 anni circa. Mi ricorda qualcuno che conosco... chissà..."

"Chi? Chi hai incontrato che ha vissuto una cosa del genere?" "No. Niente affatto; il mio conoscente sembrava abbastanza in salute."

Non soffriva come aveva sofferto l'altra donna.

"Cosa te la ricorda?" Hai stuzzicato la mia curiosità.

Mia nonna lavorava come infermiera ma il suo nome non era Sarah."

"Che cosa?"
Mia madre voleva visitare la tomba della nonna, come la chiamavamo sempre. La chiamavamo sempre nonna.

"Tua nonna viveva qui?"
La mamma ha affermato che quando è andata al college in California, è lì che ha incontrato tuo padre e tua madre; più tardi lì incontrò anche mio padre, cosa che alla fine portò al loro matrimonio e al successivo soggiorno lì."

"Bambini! Uscite!" venne una voce da dietro di loro.

"Ehi mamma."
Che ci fai in quel cassonetto?"

"Quando ho accidentalmente lasciato cadere il mio sasso domestico, Benny mi ha incoraggiato a cercarlo insieme a lui.

"Cosa hai lì?"
Stavamo leggendo il tuo diario; è stato molto romantico."

Michelle ha chiesto di vedere il diario. Tuttavia, sua madre glielo prese.

"Michelle! Sono passati diversi anni dall'ultima volta che ho letto il tuo diario; sembra incredibile!"

"È davvero possibile che mia nonna sia qui?" "Appartiene davvero a mia nonna?"

"Sì, tesoro. Era proprio lei! Era davvero incredibile; assicurati di tenerlo al sicuro."

"Michael! Pensi che Benny conoscesse mia nonna?" "Sarebbe terribilmente inquietante se così fosse!" "Non dire queste cose di Benny; siamo buoni amici."

"Ehi Benny, puoi per favore venire a darti una ripulita. Tra poco partiremo per cena. Ehi Paula, vieni anche tu?"

"Sì, signore. Ben, ricordi qualche storia che tuo padre ha raccontato della sua infanzia?"

"Sì. Condivideva spesso delle storie. Ricordo che una storia in particolare riguardava uno dei suoi amici; una bellissima ragazzina con cui spesso faceva avventure finché un giorno, mentre giocavano in un torrente, scoprirono l'oro degli sciocchi e spaccarono un grosso masso; dopo questo vacanza non si sono più rivisti!"

"Mamma, stai pensando a quello che penso io?"

"Sì, piccola. In che mondo incredibile viviamo."

FINE

Milton Keynes UK
Ingram Content Group UK Ltd.
UKHW050309051023
429919UK00007B/49

9 781088 038765